徐键　苏仁　著

浙江财经大学中国语言文学省一流学科学术丛刊

黄庭坚诗文化词语研究

浙江大学出版社·杭州
ZHEJIANG UNIVERSITY PRESS

图书在版编目（CIP）数据

黄庭坚诗文化词语研究 / 徐键，苏仁著. -- 杭州：
浙江大学出版社，2025.6. -- ISBN 978-7-308-22683-7

Ⅰ. I207.22

中国国家版本馆 CIP 数据核字第 2025AG3772 号

黄庭坚诗文化词语研究

徐　键　苏　仁　著

责任编辑	吴　庆	
责任校对	吴心怡	
封面设计	项梦怡	
出版发行	浙江大学出版社	
	（杭州市天目山路 148 号　邮政编码 310007）	
	（网址：http://www.zjupress.com）	
排　　版	杭州青翊图文设计有限公司	
印　　刷	杭州高腾印务有限公司	
开　　本	710mm×1000mm　1/16	
印　　张	7	
字　　数	127 千	
版 印 次	2025 年 6 月第 1 版　2025 年 6 月第 1 次印刷	
书　　号	ISBN 978-7-308-22683-7	
定　　价	68.00 元	

目　录

绪　论

一　黄庭坚生平

黄庭坚,字鲁直,自号山谷道人,晚号涪翁。宋仁宗庆历五年(1045),黄庭坚出生在洪州分宁县(今江西省九江市修水县)双井村的一个书香世家。父黄庶字亚夫,至和二年(1055)曾代理康州(今广东德庆)知州,三年,因积劳成疾,卒于治所,终年四十一岁。父亡后,黄庭坚寄居母家,舅父李常是著名的藏书家、诗人,李常的言传身教对黄庭坚的成长影响极大。后从苏轼学古文辞,成为"苏门四学士"之一。宋英宗治平四年(1067),黄庭坚进士及第,从此步入仕途。纵观黄庭坚三十余年仕途生涯,从宋神宗元年(1068)任叶县(今属河南)县尉,到崇宁四年(1105)病死贬所,黄庭坚的仕途,可谓历尽坎坷,行迹也飘忽不定。但是,"诗乃穷而后工",坎坷的经历成就了黄庭坚的诗歌创作。

二　选题研究现状

就目前的研究现状来看,我们还没有看到有关黄庭坚诗文化词语的专书研究,然而整个宋诗文化词研究却取得了一定成果。张相《诗词曲语辞汇释》、王锳《诗词曲语辞例释》、蒋礼鸿《蒋礼鸿集》等前贤的著作中已经涉及宋诗词义的内容,虽为零敲碎打,但为我们提供了研究诗词语言的途径和方法。又,国内的一些期刊论文和学位论文中也可看到一些论述。黄灵庚先生与香港大学李家树先生合作,做过关于宋诗语词研究的课题,发表了一系列论文,间有涉及宋诗文化语词者,如《宋诗茶词语例释六则》(2004)、《宋诗茶文化语词举例》(2005)两文,对宋诗中的涉茶词目"春风""龙凤团""紫笋""急须""蟹眼(汤)""兔毫""枪旗""鹰爪""雀舌""粥面""云脚"等词,以排比文例之法,进行了详细考释。这些语词,在黄庭坚诗中多有出现。《宋诗词义拾诂》(2004)一文,则有"平头""赤脚""闹蓝(篮)"等文化词语,其结论如下:平头(平头奴):奴仆名。赤脚(赤脚婢、赤脚蛮:使女、婢妾之通称。闹蓝(闹篮):禅偈语,谓名利场所。① 浙江师范大学曹海花硕士毕业论文《〈全宋诗〉词义例释》(2006)的第一章分酒文化语词、茶文化语词、其他文化语词三节,对《全宋诗》中的部分文化词共计三十二条词目也提出了一些新解。《宋诗自注口语词义举例》(曹海花,2006)一文选取"矮黄""碧涧""鉴州""香泉""紫芒""苍卜""苍髯""春锄""玉版""横枝"等词目进行考释,其特色在于,文章注意到宋人作诗喜自注的特点,即利用宋人自注,进行文献训释。《〈全宋诗〉文化词语拾零》(曹海花、黄灵庚,2010)一文考释了"横枝""浇山""泥滑滑""寿发(髪)"、"眼食"等宋代特有的文化词,同时指出了研究《全宋诗》中的文化词语的意义。邵天松《黑水城出土宋代汉文社会文献词汇研究》以黑水城出土宋代汉文社会文献中的词汇为研究对象,从历时层面及共时层面对黑水城宋代汉文社会文献中不同性质、不同使用层次的词语进行统计分析,勾画出其词汇系统的总体特征。山东大学孙晓玄博士毕业论文《基于〈汉语大词典〉语料库的宋代新词研究》(2011),对《汉语大词典》中已经收录的宋代新词从词性、词缀、单音节词、复音词、语音、语法、语义构成等方面进行了比较全面的研究。本书的第一、二章对文化词语有所涉及,因为这是一篇以《汉语大词典》作为语料的著作,所以对《大词典》失收的文化词语没有进行考察。黄金贵《古代文化词义集类辨考(新一版)》将古代文化词语归为国家、经济、人体、服饰、饮食、建筑、交通、什物八个类别,并对八个类别中二百六十四组词语分别进行详细辨释。戴昭铭《文化语言学导论(修订版)》总论了文化语言学的本体论、方法论和史论,分论了语言与思维、哲学、政治、神话宗教、文学艺术、民俗等方面的关系,对文化词语的产生进行了溯源。

---

① 潘美月、杜洁祥主编《中国古典文献学丛刊》卷三,北京:国际炎黄文化出版社,2004年,第273页。

三　选题意义

黄庭坚现存诗 2204 首,内容丰富,题材多样,众体兼备。既有分量厚重的七古长篇,又有脍炙人口的精美短章,堪称诗坛大家。

黄庭坚作为宋代"江西诗派"的领袖,在诗歌创作主张上有自己独到的见解。其最为后人称道的,即是"点铁成金"和"夺胎换骨"之说。他在《答洪驹父书》中曾指出:"自作语最难,老杜作诗,退之作文,无一字无来处。盖后人读书少,故谓韩、杜自作此语尔。古之能为文者,真能陶冶万物,虽取古人之陈言入于翰墨,如灵丹一粒,点铁成金也"[17][页944]。与黄庭坚同时代的惠洪著《冷斋夜话》卷一有"换骨夺胎法"条目,亦引山谷云:"诗意无穷,而人之才有限。以有限之才,追无穷之意,虽渊明、少陵不得工也。然不易其意而造其语,谓之换骨法。规模其意形容之,谓之夺胎法。"[16][页2429～2430]黄庭坚又在《论诗作文》中称:"作诗句要须详略用事精切,更无虚字也。如老杜诗,字字有出处,熟读三五十遍,寻其用意处,则所得多矣。"[17][页963]由上观之,黄庭坚主张作诗应多效法杜甫、陶渊明、韩愈等人,多用前人典故,强调字字皆有出处。在这种诗歌创作主张之下,其创作实践必用前人典故,很少自己创造。后人对黄庭坚诗歌的印象,似乎所用之语多为"陈言"。

经仔细考察,笔者发现这种看法不太符合黄庭坚诗歌创作的实际情况,因为黄诗中运用了大量的宋代口语,在诗歌语言方面,言人所不言,极有创新的意味。此处仅举三例:

例之一:《送酒与周法曹用前韵》:"还书及斗数,与君酌楠瘿。"按:楠瘿,酒杯名,始见于庭坚诗。

例之二:《次韵奉答吉老并寄何君庸》:"屡中瓮面酒几圣,苦忆尊前人姓何。"按:瓮面,初熟酒名,始见于庭坚诗。

例之三:《谢送碾壑源拣芽》:"春风饱识太官羊,不惯腐儒汤饼肠。"任渊注:"春风谓茶。"按:春风,作茶之代称,始见于庭坚诗。

黄诗中不乏此类宋代的口语词,本书将重点整理、考释此类文化词的意义。这对于构建宋代词汇史,研讨宋代文化,均极有参考价值。这正是本书的意义所在。

四　研究方法

方法一:运用排比文例归纳词义法。即将存有文化词的句子从诗集中稽钩出来,然后排列在一起,加以琢磨、归纳。严格遵循"例不十,法不立"①的原则,若引例黄庭坚诗中本证不足,则从《全宋诗》、《全宋词》、宋人笔记、语录及宋人文集中广泛稽考。或者引证仍不足十例而又为《汉语大词典》失收的文化词语,本书也予以酌情收录。

方法二:参考山谷自注或前人旧注。山谷作诗或为自注,利用其自注,对于理解、此类词语的词义,便提供了直接证据。山谷作诗,匠心独运,善于借用、点化前人佳词妙语,但是意蕴深奥,难于把握,因而必须参考或吸收任渊、史容、史季温等人的山谷诗笺注。这些旧注,对于山谷诗文化词语的研究,具有重要参考价值。

方法三:参考异文。黄庭坚的诗集在流传过程中,因不同刻本,诗作的某些词句,出现异文。作为版本承传,异文是消极的现象,给后人阅读带来不便。但是,我们注意到,不少异文是属于同义词或近义词的替换,利用此类异文,可以作为词义的证据。

---

① 　王锳《诗词曲语辞例释(增订本)·修订后记》,北京:中华书局,1986 年,第 337 页。

第一章　黄庭坚诗文化词语类析

语言是文化的载体。黄金贵认为,词汇根据其文化意义的强弱有无,可以分为两类:"有不同程度文化意义者,为文化词语;弱而至无者,为通义词语"。同时指出文化词具有三大显著特征:一是名物性,二是系统性,三是民族性,并且民族性是其本质特征①。笔者亦是持此观点来整理、考释山谷诗中的文化词语的。

笔者通过反复研读山谷诗,整理出其诗文化词语共计一百余条。依据文化词语的指称内容,现将分为十大类,分别是:酒类、茶类、吃食类、花鸟类、虫鱼类、香事类、文房类、职官类、器用类、其他类。需要指出的是,之所以将第十类称为其他类,是因为此类中的十二个词语若按内容分类,则其词目过少,且为避免分类过于冗杂,今将其统并为一类。

第一节　酒　类

中国酒文化的历史非常悠久,早在新石器时代就开始了,河南贾湖遗址(距今约 9000—7500 年)出土的陶器残片中发现酒类残留,证明中国可能是世界上最早的酿酒发源地之一。仰韶文化(距今约 7000—5000 年)的彩陶酒具、龙山文化(距今约 4000 年)的黑陶高脚杯,显示酿酒已具规模。商周时期,酒被纳入国家祭祀体系,酒成为祭祀先祖的重要贡品。青铜酒器(如爵、罍、觥)成为权力象征。商代甲骨文中频繁出现"醴"(甜酒)和"鬯"(香草酒),周朝设

---

① 黄金贵《论古代文化词语的训释》,天津师大学报,1993 年,第 64 页。

立专职酒官,规范酿酒与用酒。《左传·庄公二十二年》载"酒以成礼,不继以淫,义也",强调了酒在礼仪中的作用是规范人的德行。《礼记》中的《乡饮酒礼》和《燕礼》明确了不同身份者的饮酒规范,系统记载了先秦酒礼的实践。《论语·乡党》载"唯酒无量,不及乱",把适当饮酒当作儒家文化的一种礼节。《庄子·达生》载"夫醉者之坠车,虽疾不死。骨节与人同而犯害与人异,其神全也",把饮酒当作一种运命而生的方式。自魏晋南北朝开始,酒即被注入了大量文人精神,魏晋名士纷纷以酒避世,"刘伶醉酒"即是其中的代表。到唐代,饮酒盛况屡见于文人诗歌中,杜甫则将当时被称为"酒中八仙人"的李白、贺知章、李适之、李琎、崔宗之、苏晋、张旭、焦遂等写进《饮中八仙歌》,描述他们的平生醉趣。唐以后,酒是每一位文人笔端的常客,与他们的创作紧密结合。黄庭坚的诗中便有大量与酒相关的文化词语,大多是酒名、酒器,或自创或援引,增加了诗歌的趣味性。本节共罗列了三十则与酒相关的文化词语,详述如下。

一、舜泉:酒名。

《醇道得蛤蜊复索舜泉舜泉已酌尽官酝不堪不敢送》:"青州从事难再得,墙底数樽犹未眠。商略督邮风味恶,不堪持到蛤蜊前。"

《世弼惠诗求舜泉辄欲以长安酥共泛一杯次韵戏答》:"寒斋薄饭留佳客,蠹简残编作近邻。避地梁鸿真好学,著书扬子未全贫。玉酥炼得三危露,石火烧成一片春。沙鼎探汤供卯饮,不忧问字绝无人。"

按:依据题意,舜泉当为酒名。《汉语大词典》失收此词,详见本书第二章。

二、青州从事:美酒名。

《醇道得蛤蜊复索舜泉舜泉已酌尽官酝不堪不敢送》:"青州从事难再得。"

按:该词典故出于南朝宋刘义庆《世说新语·术解》:"桓公有主簿善别酒,有酒辄令先尝。好者谓'青州从事',恶者谓'平原督邮'。"[14][页95]其原意说好酒的酒气,可直到脐部,后遂以"青州从事"代称美酒。唐代诗人韦庄、皮日休已有引用。参见《汉语大词典》"青州从事"条。又,陈与义《戏大光送酒》:"不烦白水真人力,便有青州从事来。"洪适《隆庭竹至四绝句》之四:"南窗情话有时尽,唤取青州从事来。"李清照《感怀》:"青州从事孔方兄,终日纷纷喜生事。"该词的使用,在宋代已较为普遍。

三、平原督邮:恶酒名。

《送酒与毕大夫》:"浅色官醅昨夜篘,一樽聊付卯时投。瓮边吏部应欢喜,殊胜平原老督邮。"

按:该词典出于南朝宋刘义庆《世说新语·术解》,与上一条"青州从事"相对。参见《汉语大词典》"平原督邮"条。任渊注云:"晋毕卓字茂世,为吏部郎。比舍郎酿熟,卓夜至其瓮间,盗饮之,为掌酒者所缚。明旦视之,乃毕吏部也。"又,《醇道得蛤蜊复索舜泉舜泉已酌尽官酝不堪不敢送》:"商略督邮风味恶。"冯岵《全州南城》:"薄暮投宿驱湿厉,析薪爨鼎烧村醪。一杯酸涩不可咽,平原督邮羞儿曹。"吕本中《谢赵士原送酒》之二:"早来取酒瓶已空,对盏不复能从容。出门更值督邮苦,住禹犹憎琥珀浓。"该词在黄庭坚诗中的使用比较多,但在宋代其他诗人当中使用的次数较少。

四、宜城:酒名,产于宜城。

《次韵刘景文登邺王台见思五首》之四:"茗花浮曾坑,酒泛酌宜城。路寻西九曲,人似汉三明。千户非无相,五言空有声。何时郭池晚,照影写闲情。"

按:宜城,本是地名,在今湖北省,曾以产酒著称,称"宜城酒"。据《方舆胜览》载,宜城县东一里有金沙泉,造酒极美,世谓宜城春,又名竹叶酒。此词唐代已多有行用,宋代用者更多。参见《汉语大词典》"宜城酒"条。又,刘攽《宜城酒》有"九酝宜城酒,人传岘首碑。古今情不别,更问习家池"之句,陈造《寄郢州崔守八首》之四有"碧香当日荐金船,桑落宜城不直钱。一自黄堂沉醉后,至今追忆尚流涎"之句,王安石《钟山晚步》有"小雨轻风落楝花,细红如雪点平沙。槿篱竹屋江村路,时见宜城卖酒家"之句,"宜城"俱是酒名。

五、碧香:美酒名。

《送碧香酒用子瞻韵戏赠郑彦能》:"食贫好酒尝自嘲,日给上尊无骨相。大农部丞送新酒,碧香窃比主家酿。应怜坐客竟无毡,更遭官长颇讥谤。银杯同色试一倾,排遣春寒出帷帐。浮蛆翁翁杯底滑,坐想康成论泛盏。重门著关不为君,但备恶客来仇饷。"山谷自注:"王诜,晋卿,尚蜀国公主,其家酒名碧香。"

按:以"碧香"指酒名当始于宋,《汉语大词典》引证有误,详见本书第二章。

六、浮蛆:浮在酒面上的泡沫或膏状物。

《送碧香酒用子瞻韵戏赠郑彦能》:"浮蛆翁翁杯底滑,坐想康成论泛盏。"

按:"浮蛆",浮在酒面上的泡沫或膏状物,最早见于宋。参见《汉语大词典》"浮蛆"条。山谷吟咏酒事,尤喜用此词,凡七见。在此不一一列举。

七、社瓮:美酒。

《次韵子瞻以红带寄王宣义》:"参军但有四立壁,初无临江千木奴。白头不是折腰具,桐帽棕鞋称老夫。沧江鸥鹭野心性,阴壑虎豹雄牙须。鹧鸪作裘初服在,猩血染带邻翁无。昨来杜鹃劝归去,更待把酒听提壶。当今人材不乏使,天上二老须人扶。儿无饱饭尚勤书,妇无复裈且著襦。社瓮可漉溪可渔,更问黄鸡肥与癯。林间醉著人伐木,犹梦官下闻追呼。万钉围腰莫爱渠,富贵安能润黄垆。"

按:《汉语大词典》失收此词,详见本书第二章。

八、松醪:用松肪或松花酿制的酒。

《戏答史应之三首》之一:"先生早擅屠龙学,袖有新硎不试刀。岁晚亦无鸡可割,庖蛙煎鳝荐松醪。"

按:该词首见于唐代。杜甫《杜员外》:"松醪酒熟傍看醉,莲叶舟轻自学操。"之句,"松醪"即是指酒。参见《汉语大词典》"松醪"条。

九、荔支绿:美酒名,产于戎州。

《廖致平送绿荔支为戎州第一王公权荔支绿酒亦为戎州第一》:"王公权家荔支绿,廖致平家绿荔支。试倾一杯重碧色,快剥千颗轻红肌。拨醅蒲萄未足数,堆盘马乳不同时。谁能同此胜绝味,唯有老杜东楼诗。"

　　按：荔支绿，乃产自戎州的美酒，《汉语大词典》失收"荔支绿"一词，详见本书第二章。

十、梨花盏：酒杯，或省作"梨花"。

　　《谢杨景山送酒器》："杨君喜我梨花盏，却念初无注酒魁。耀矮金壶肯持送，挼莎残菊更传杯。"

　　按：该词始见于宋。胡仔《苕溪渔隐丛话后集·回仙》引陆元光《回仙录》云："……回公曰：饮器中，惟钟鼎为大，屈卮、螺杯次之，而梨花、蕉叶最小。"[21][页306] 又，黄庭坚《明远庵》："远公引得陶潜住，美酒沽来饮无数。我醉欲眠卿且去，只有空瓶同此趣。谁知明远似远公，亦欲我行庵上路。多方挈取瓮头春，大白梨花十分注。与君深入逍遥游，了无一物当情素。道卿道卿归去来，明远主人今进步。"欧阳修《玉楼春》词："芙蓉斗晕燕支浅。留著晚花开小宴。画船红日晚风清，柳色溪光晴照暖。美人争劝梨花盏。舞困玉腰裙缕慢。莫交银烛促归期，已祝斜阳休更晚。"以上"梨花""梨花盏"均指酒杯。参见《汉语大词典》"梨花盏"条。

十一、欢伯：酒名。

　　《答谢闻善二兄九绝句之七》："椎床破面枨触人，作无义语怒四邻。尊中欢伯笑尔辈，我本和气如三春。"

　　按：山谷引段成式《酉阳杂俎》注："酒曰欢伯"。"欢伯"一词，始见于汉焦赣《易林·坎之兑》："酒为欢伯，除忧来乐"[4][页297]。《全唐诗》也见两例：陆龟蒙《对酒》："后代称欢伯，前贤号圣人。且须谋日富，不要道家贫。"《奉和袭美酒中十咏·酒篘》："山斋酝方熟，野童编近成。持来欢伯内，坐使贤人清。不待盎中满，旋供花下倾。汪汪日可挹，未羡黄金籝。"至宋则大行，仅《全宋诗》中即有八十余例，该词在宋代已被广泛使用。参见《汉语大词典》"欢伯"条。

十二、郎官清：酒名。

　　《病来十日不举酒二首》之二："病来十日不举酒，独卧南床春草生。承君折送袁家紫，令我兴发郎官清。"任渊注："'郎官清'，盖酒名。《国史补》：'酒则京城之郎官清。'"

按：《国史补》为李肇所作，则始见于唐。山谷又有诗《次韵答杨子闻见赠》："金盘厌饫五侯鲭，玉壶浇泼郎官清。长安市上醉不起，左右明妆夺目精。"陆游《次韵使君吏部见赠时欲游鹤山以雨止》："蟆颐江上约同行，白鹤峰前辱寄声。青史功名男子事，后堂歌舞故人情。午瓯谁致叶家白，春瓮旋拨郎官清。登览不嫌鸠唤雨，十年芒屩惯山程。"皆为酒名。参见《汉语大词典》"郎官清"条。

十三、嫩鹅黄：酒名。

《己未过太湖僧寺得宗汝为书寄山芋白酒长韵寄答》："浮蛆拨官醅，倾壶嫩鹅黄。"

按："鹅黄"用作酒名，始典于杜甫《舟前小鹅儿》，"鹅儿黄似酒，对酒爱新鹅。引颈嗔船逼，无行乱眼多。翅开遭宿雨，力小困沧波。客散层城暮，狐狸奈若何"。酒呈鹅黄色，故名。黄庭坚此用属于所谓"化腐朽为神奇"也。参见《汉语大词典》"鹅黄""嫩鹅黄"条。

十四、琥珀(冻)：美酒名。

《薛乐道自南阳来入都留宿会饮作诗饯行》："薛侯本贵胄，射策一矢中。金兰托平生，瓜葛比诸从。数面尚成亲，况乃居连栋。交游及父子，讲学连伯仲。奴人通使令，孩稚接戏弄。相怜负米勤，同力采兰供。每持君家书，平安觑款缝。秦人与吾炙，忧乐一体共。释之廷尉曹，微过成系讼。从此张长公，不肯为时用。丘阿无梧桐，曲直不在凤。生涯谷口耕，世事邯郸梦。自君抱忧端，酒碗未忍䑛。高秋自南归，意气稍宽纵。黄花尚满篱，白蚁方浮瓮。私言助燕喜，且莫戒辎重。霜风猎帷幕，银烛吐蟠蝀。密坐幸颇欢，剧饮宁辞痛。疏钟鸣晓撞，小雨作寒霿。厩马萧萧鸣，征人稍稍动。九衢槐柳中，纵缓青丝鞚。朱楼豪士集，红袖清歌送。河鲤献鱠材，江橙解包贡。蟹螯鹅子黄，酒倾琥珀冻。举觞遥酌我，发嘅知见颂。行行鞭箠倦，短句烦屡讽。"

按：琥珀，美酒名，盖因酒之颜色似琥珀色而得名。此词始见于唐，如李贺《残丝曲》："垂杨叶老莺哺儿，残丝欲断黄蜂归。绿鬓年少金钗客，缥粉壶中沉琥珀。花台欲暮春辞去,落花起作回风舞。榆荚相催不知数,沈郎青钱夹城路。"黄庭坚此用亦属于所谓"化腐朽为神奇"。参见《汉语大词典》"琥珀"条。

十五、白蚁:酒面漂浮的白色泡沫,或指代酒。

《送吴彦归番阳》:"学省困齑盐,人材任尊奖。侳侗祝螟蛉,小大器罂瓿。诸生厌晚成,躐学要侩驵。摹书说偏旁,破义析名象。九鼎奏箫韶,爰居端不飨。青衿少到门,庭除昼闲敞。竹风交槐阴,三见秋气爽。时赖解事人,载酒直心赏。吴郎楚国材,幽兰秀榛莽。彦国吐嘉言,子将喜标榜。平生钦豪俊,久客慕乡党。虚斋延洒扫,薄饭荐脶鲞。诗句唾成珠,笑嘲悾爬痒。春夏频谢除,曾未厌来往。归雁多喜声,寒蝉停哀响。黄花满篱落,白蚁闹瓮盎。留君待佳节,忽忽戒徂两。亲戚伤离居,交游念畴曩。棋局无对曹,捊蒲失朋长。问君去为何,云物愁莽苍。寿亲发斑斑,千里劳梦想。家鸡藁头肥,寒鱼受罾网。甘旨蕨中厨,伊哑弄文褓。此行乐未央,安知川涂广。深秋上沧江,远水平如掌。人生要得意,壮士多旷荡。野鹤被笼樊,江鸥恋菰蒋。本来丘壑姿,不著刍豢养。寄声谢乡邻,为我具两桨。有路即归田,君其信非诳。"

按:例同上文"浮蛆"条,《汉语大词典》引证滞后,详见本书第二章。

十六、浮蚁:酒面上的浮沫。

《和外舅夙兴三首》之二:"风烈僧鱼响,霜严郡角悲。短童疲洒扫,落叶故纷披。水冻食鲑少,瓮寒浮蚁迟。朝阳乌鸟乐,安稳托禅枝。"

按:浮蚁,酒面上的浮沫,例同上文"浮蛆"条。"浮蚁"一词,始于张衡《南都赋》:"醪敷径寸,浮蚁若萍。"至宋时仍沿用,也是属于所谓"化腐朽为神奇"之句。张商英《立秋会监司》有"片叶飞空忽报秋,玉醅浮蚁恰新篘。相逢昂饮聊乘兴,万事从它一日休"之句,王之道《秋日野步和王觉民十六首》之九有"酒嫩细斟浮蚁绿,荚柔轻剥汗衫红。搜罗物象嗟予拙,挥扫词章放子工"之句,"浮蚁"均指酒面上的浮沫。参见《汉语大词典》"浮蚁"条。

十七、江醪:酒。

《次韵师厚食蟹》:"海馔糖蟹肥,江醪白蚁醇。每恨腹未厌,夸说齿生津。三岁在河外,霜脐常食新。朝泥看郭索,暮鼎调酸辛。趋跄虽入笑,风味极可人。忆观淮南夜,火攻不及晨。横行葭苇中,不自贵其身。谁怜一网尽,大去河伯民。鼎司费万钱,玉食罗常珍。吾评扬州贡,此物真绝伦。"

按:"江醪"一词,始见于宋。遍查古籍,无他见,在宋代是个孤例。明王守仁《舟中除夕二首》其一:"扁舟除夕尚穷途,荆楚还怜俗未殊。处处送神悬楮马,家家迎岁换桃符。江醪信薄聊相慰,世路多歧漫自吁。白发频年伤远别,彩衣何日是庭趋?""江醪"指"江米酒"。清钱敬叔《泊浦子口》:"残年泊归棹,问酒郭西亭。雪瓯芹芽白,江醪竹叶青。夕阳新别路,衰草古离情。隔岸寒山色,含凄望旧京。""江醪"则特指江米酒竹叶青酒。参见《汉语大词典》"江醪"条。

十八、金荷:酒杯名。

《八音歌赠晁尧民》:"金荷酌美酒,夫子莫留残。石有补天材,虎豹守九关。丝窠将柳花,入户扑衣冠。竹风摇永日,思与子盘桓。匏瓜岂无匹,自古同心难。革急而韦缓,只在揉化间。木桃终报汝,药石理予颜。"史容注:"李适之有酒器九品,有幔卷荷、金蕉叶,出《遁原记》。欧公诗:'萧条两鬓霜后草,潋滟十分金卷荷。'山谷在戎州作长短句云:'共倒金荷',其序云:'以金荷叶酌客。'"

按:山谷《念奴娇》序云:"八月十七日,同诸甥步自永安城楼,过张宽夫园待月。偶有名酒,因以金荷酌众客。""金荷"为"金荷叶"省称,而非荷叶也。参见《汉语大词典》"金荷"条。

十九、鸬鹚杓:酒杓似鸬鹚形。

《寿圣观道士黄至明开小隐轩太守徐公为题曰快轩庭坚集句咏之》:"金华牧羊儿,一粒粟中藏世界。使君从南来,清风明月不用一钱买。鸬鹚杓,鹦鹉杯,一杯一杯复一杯,玉山自倒非人推。庐山秀出南斗傍,登高送远形神开。

银河倒挂三石梁,砅崖转石万壑雷。吟诗作赋北窗里,安得青天化作一张纸。有长鲸白齿若雪山,我愿因之寄千里。"

按:该词始见于李白《襄阳歌》:"鸬鹚杓,鹦鹉杯,百年三万六千日,一日须倾三百杯。"参见《汉语大词典》"鸬鹚杓"条。

二十、鹦鹉杯:酒杯,用鹦鹉螺制成。

《寿圣观道士黄至明开小隐轩太守徐公为题曰快轩庭坚集句咏之》:"鸬鹚杓,鹦鹉杯。"

按:该词始见于隋薛道衡《和许给事善心戏场转韵诗》:"共酌琼酥酒,同倾鹦鹉杯。普天逢圣日,兆庶喜康哉。"又,骆宾王《荡子从军赋》:"荡子别来年月久,贱妾空闺更难守。凤凰楼上罢吹箫,鹦鹉杯中休劝酒。"参见《汉语大词典》"鹦鹉杯"条。

二十一、楠瘿:楠木制作的酒杯。

《送酒与周法曹用前韵》:"遥知谢法曹,诗句多夏景。闻道学书勤,墨池方一顷。大字苦未遒,小字逼智永。我有何郎樽,清江酝玉饼。还书及斗数,与君酌楠瘿。"

按:楠瘿,酒杯名,始见于庭坚诗。《汉语大词典》失收该词,详见本书第二章。

二十二、瓮面:初熟酒。

《次韵奉答吉老并寄何君庸》:"倾怀相见开城府,取意闲谈没畛寡。但取吏曹无狡兔,任呼舞女伐灵鼍。屡中瓮面酒几圣,苦忆尊前人姓何。愿得两公俱投报,不唯朱墨要渐摩。"

按:瓮面,初熟酒名,始见于庭坚诗。《汉语大词典》失收此词,详见本书第二章。

二十三、黄花酒:即菊花酒。

《答余洪范二首》之一:"悬磬斋厨数米炊,贫中气味更相思。可无昨日黄花酒,又是春风柳絮时。"

按:黄花酒,即菊花酒。始见于杜甫诗《九日登梓州城》:"伊昔黄花酒,如今白发翁。追欢筋力异,望远岁时同。弟妹悲歌里,乾坤醉眼中。兵戈与关塞,此日意无穷。"参见《汉语大词典》"黄花酒"条。

二十四、春醅:美酒名。

《社日奉寄君庸主簿》:"花发社公雨,阴寒殊未开。初闻燕子语,似报玉人来。遮眼便书册,挑聋欺酒杯。传声习主簿,勤为拨春醅。"

按:该词始见于唐诗,刘言史《葛巾歌》:"草堂窗底漉春醅,山寺门前逢暮雨。"唐人喜以"春"命名酒,以"春醅"指称美酒。黄庭坚又有《张仲谋许送河鲤未至戏督以诗》:"浮蛆琰琰动春醅,张仲临津许鱠材。盐豉欲催蓴菜熟,霜鳞未贯柳条来。日晴鱼网应曾晒,风软河冰必暂开。莫误晓窗占食指,仍须持取报章回。"参见《汉语大词典》"春醅"条。

二十五、玉东西:酒饮器,亦指代美酒。

《次韵吉老十小诗》之六:"佳人斗南北,美酒玉东西。梦鹿分真鹿,无鸡应木鸡。"史容注:"酒杯名。王荆公诗:'舞急锦腰迎十八,酒酣金盏照东西。'"

按:玉东西,此诗中表酒饮器之义,始见于宋代。又,黄庭坚《绝句》:"春风一曲花十八,拼得百醉玉东西。露叶烟丛见红药,犹似舞馀和汗啼。"此处"玉东西"指美酒,亦始见于宋代。参见《汉语大词典》"玉东西"条。

二十六、绿蚁:酒面上浮起的绿色泡沫,或指代酒。

《赵令答诗约携山妓见访》:"晴波鸂鶒漾潭隈,能使游人判不回。风入园林寒漠漠,日移宫殿影枚枚。未尝绿蚁何妨拨,宿戒红妆莫待催。缺月西南光景少,仍须挽取烛笼来。"

按:绿蚁,酒面上浮起的绿色泡沫,亦借指酒,例同上文"浮蛆"条。始见于南朝谢朓《在郡卧病呈沈尚书诗》:"嘉鲂聊可荐,绿蚁方独持"。又,宋朱弁《元夕有感》:"绿蚁尝新酿,青貂恋故裘。"参见《汉语大词典》"绿蚁"条。

二十七、酒船：酒杯。

《观化十五首》之七："菰蒲短短未出水，渺渺春湖如冻云。安得酒船三万斛，棹歌长入白鸥群。"

按："酒船"一词，最初指供个人饮酒游乐之船，宋代或为代称酒杯。又，郭祥正《题苏紫霞选仙集后二首》之二："知君本是紫霞仙，梦入瑶池泛酒船。"参见《汉语大词典》"酒船"条。

二十八、醅瓮：指代酒。

《观化十五首》之八："不知喜事在谁边，风结灯花何太妍。恐是邻家醅瓮熟，竹渠今夜滴春泉。"

按：醅瓮原指酒坛子，这里用来指代酒。《汉语大词典》有误，且引证过迟。详见本书第二章。

二十九、白醪：甜酒。

《答龙门潘秀才见寄》："男儿四十未全老，便入林泉真自豪。明月清风非俗物，轻裘肥马谢儿曹。山中是处有黄菊，洛下谁家无白醪。相得秋来常日醉，伊川清浅石楼高。"

按：北魏贾思勰在《齐民要术·白醪曲》中详细记载"白醪"的酿制方法。然"白醪"一词代酒的使用，则始见于唐代。如，白居易《代书诗一百韵寄微之》："白醪充夜酌，红粟备晨炊。"又，苏轼《仲天贶王元直自眉山来见余钱塘留半岁既行作绝句五首送之》之五："红带雅宜华发，白醪光泛新春。"参见《汉语大词典》"白醪"条。

三十、竹叶瓶：酒器。

《南安试院无酒饮周道辅自赣上携一榼时时对酌惟恐尽试毕仆夫言尚有余樽木芙蓉盛开戏呈道辅》："闻说君家好弟兄，穷乡相见眼俱青。偶同一饭论三益，颇为诸生醉六经。山邑已催乘传马，晓窗犹共读书萤。霜花留得红妆面，酌尽斋中竹叶瓶。"

按：据诗意，竹叶瓶，当是酒器。《汉语大词典》失收，详见本书第二章。

第二节　茶　类

茶，早期写作"荼"，本义是一种苦菜，后来指茶树。相传，神农尝百草，日遇七十二毒，得茶而解之。汉景帝阳陵（公元前 141 年）出土的茶叶实物，证实皇室饮茶之始。西汉王褒的《僮约》里面两处提到茶，分别是"脍鱼炰鳖，烹茶尽具"和"武阳买茶，杨氏担荷"，可谓是最早的茶事文献。魏晋时期，名士喜以茶代酒，杜育的《荈赋》是首篇咏茶文，其中的"调神和内，倦解慵除"则详述了饮茶的功效。至唐代，饮茶渐渐成为一种社会风尚，陆羽的《茶经》是世界首部茶学专著，系统总结煎茶法（炙、碾、煮），品评水（"山水上，江水中，井水下"）及茶器"二十四器"，确立茶道精神。到了宋代，茶文化发展到了巅峰，饮茶趋于艺术化，蔡襄《茶录》详述击拂技巧，宋徽宗《大观茶论》推崇"盏色贵青黑（建盏）"，民间斗茶比试"汤花"持久度（咬盏）。元代以后，饮茶渐趋于世俗化，元代武汉臣《玉壶春》第一折："早晨起来七件事，柴米油盐酱醋茶。黄庭坚之时，饮茶文化正值风行，黄庭坚诗中有大量的茶类文化词语，主要是茶叶名、煮茶浮沫、煮茶用水，本节罗列了二十八个茶类文化词语，详述如下。

一、茗花：煮茶的浮沫。

《次韵刘景文登邺王台见思五首》之四："茗花浮曾坑，酒泛酌宜城。路寻西九曲，人似汉三明。千户非无相，五言空有声。何时郭池晚，照影写闲情。"

按："茗花"一词，始见于唐，如李洞《和曹监春晴见寄》："竺庙邻钟震晓鸦，春阴盖石似仙家。兰台架列排书目，顾渚香浮瀹茗花。胶溜石松粘鹤氅，泉离冰井熨僧牙。功成名著扁舟去，愁睹前题罩碧纱。"至宋，该词出现的频率增多，与宋代盛行饮茶风气密切相关。梅尧臣《茶灶》："山寺碧溪头，幽人绿岩畔。夜火竹声干，春瓯茗花乱。兹无雅趣兼，薪桂烦燃爨。"宋祁《熊上人见过谈理颇未得尽忆王侍郎共加研讨》："挂杖萧然陋庑开，茗花熬绿浅浮杯。清言未到忘言处，正待裴家驿骑来。"参见《汉语大词典》"茗花"条。

二、银粟:煮茶的浮沫。

《以小团龙及半挺赠无咎并诗用前韵为戏》:"我持玄圭与苍璧,以暗投人渠不识。城南穷巷有佳人,不索宾郎常晏食。赤铜茗碗雨斑斑,银粟翻光解破颜。上有龙文下棋局,探囊赠君诺已宿。此物已是元丰春,先皇圣功调玉烛。晁子胸中开典礼,平生自期莘与渭。故用浇君磊隗胸,莫令鬓毛雪相似。曲几团蒲听煮汤,煎成车声绕羊肠。鸡苏胡麻留渴羌,不应乱我官焙香。肥如瓠壶鼻雷吼,幸君饮此勿饮酒。"山谷自注:"银粟,谓茗花"。

按:袁说友《遗建茶于惠老》有"更烦挥妙手,银粟看纤纤"句,陆游《十一月上七日蔬饭骡岭小店》有"建溪小春初出碾,一碗细乳浮银粟"句,俱指煮茶时产生的浮沫。参见《汉语大词典》"银粟"条。

三、曾坑:茶叶名。

《次韵刘景文登邺王台见思五首》之四:"茗花浮曾坑,酒泛酌宜城。"

按:曾坑一词始见于宋代。宋宋子安《东溪试茶录》:"有苏口焙,与北苑不相属。昔有苏氏居之,其园别为四:其最高处曰曾坑……岁贡有曾坑上品一斤,丛出于此。曾坑山浅土薄,苗发多紫,复不肥乳,气味殊薄。"[1][页489]曾坑,本为地名,盛产茶叶,故以地为名,称此地所产之茶名为"曾坑",例今杭州龙井村盛产茶叶,而名其茶为"龙井"。苏轼《病中夜读朱博士》有"曾坑一掬春,紫饼供千家"句,"曾坑"亦指茶叶。参见《汉语大词典》"曾坑"条。

四、拣芽:茶叶名。

《奉同公择作拣芽咏》:"赤囊岁上双龙璧,曾见前朝盛事来。想得天香随御所,延春阁道转轻雷。"

按:据题意,拣芽,指茶叶,始见于此。《汉语大词典》失收该词,详见本书第二章。

五、銍源:茶叶名。

《谢王炳之惠茶》:"平生心赏建溪春,一丘风味极可人。香包解尽宝带胯,黑面碾出明窗尘。家园鹰爪改呕泠,官焙龙文常食陈。于公岁取壑源足,勿遣沙溪来乱真。"

按:壑源,大概是产茶的地名,今不可考,因其地名茶。《汉语大词典》失收,详见本书第二章。

六、春风:茶。

《谢送碾壑源拣芽》:"矞云从龙小苍璧,元丰至今人未识。壑源包贡第一春,细莟碾香供玉食。睿思殿东金井栏,甘露荐碗天开颜。桥山事严庇百局,补衮诸公省中宿。中人传赐夜未央,雨露恩光照宫烛。右丞似是李元礼,好事风流有泾渭。肯怜天禄校书郎,亲敕家庭遣分似。春风饱识太官羊,不惯腐儒汤饼肠。搜搅十年灯火读,令我胸中书传香。已戒应门老马走,客来问字莫载酒。"任渊注:"春风谓茶。"

按:春风,作茶之代称,始见于庭坚诗。《碾建溪第一奉邀徐天隐奉议并效建除体》:"建溪有灵草,能蜕诗人骨。除草开三径,为君碾玄月。满瓯泛春风,诗味生牙舌。平斗量珠玉,以救风雅渴。定知胸中有,璀璨非外物。执虎探虎穴,斩蛟入蛟室。破镜挂西南,夜阑清兴发。危言诸公上,殊胜弄翰墨。成仁冒鼎镬,闻已归谏列。收汝救月弓,蛙腹当坼裂。开云照四海,黄道行尧日。闭门斫车轮,出门同轨辙。"又陆游《余邦英惠小山新芽作小诗以谢》之三:"平时共语不成些,痴坐空雕藜苋肠。谁遣春风入牙颊,诗成忽带小山香。"参见《汉语大词典》"春风"条。

七、北焙:建溪官茶,作茶饼状。

《谢公择舅分赐茶三首》之一:"外家新赐苍龙璧,北焙风烟天上来。明日蓬山破寒月,先甘和梦听春雷。"

按:《汉语大词典》失收此词,详见本书第二章。

八、官焙:建安北苑所造茶。

《送曹子方福建路运判兼简运使张仲谋》:"曹侯黄须便弓马,从军赋诗横槊间。阿瞒文武如兕虎,远孙风气犹斑斑。昨解弓刀丞太仆,坐看收驹十二

...

闲。远方不异辇毂下,诏遣中使哀恫瘝。吾闻斯民病盐策,天有雨露东南乾。谢君论河秉禹贡,诘难蜂起安如山。老郎不作患失计,凛然宜著侍臣冠。愿公不落谢君后,江湖以南尚少宽。百城阅人如阅马,泛驾亦要知才难。盐车之下有绝足,败群勿纵为民残。官焙荐璧天解颜,沦汤试春聊加餐。子鱼通印蚝破山,不但蕉黄荔子丹。道逢使者汉郎官,清溪弭节问平安。天子命我参卿事,奋然相对亦可欢。回波一醉嘲栲栳,山驿官梅破小寒。"

按:《汉语大词典》失收该词,详见本书第二章。

九、玄(苍)璧:龙凤团茶的美称。

《和答外舅孙莘老》:"西风挽不来,残暑推不去。出门厌靴帽,税驾喜巾屦。道山邻日月,清樾深牖户。同舍多望郎,闲官无窘步。少监岩壑姿,宿昔廊庙具。行趋补衮职,醹醁我王度。归休饮热客,觞豆愬调护。浩然养灵根,勿药有神助。寄声旧僚属,训诂及匕箸。尚怜费谏纸,玉唾洒新句。北焙碾玄璧,谷帘煮甘露。何时临书儿,剥芡谈至暮。"

按:玄(苍)璧,即北焙。《汉语大词典》收"玄璧"一词,但释义不确。详见本书第二章。

十、蟹眼(汤):泡茶的初沸水。

《次韵张仲谋过醴池寺斋》:"十年醉锦幄,酝酿照金沙。敧眠春风底,不去留君家。是时应门儿,紫兰茁其芽。只今将弟妹,嬉戏牵羊车。忽书满窗纸,整整复斜斜。平生悲欢事,头绪乱如麻。苟禄无补报,几成来食嗟。喜君崇名节,青云似有涯。我梦江湖去,钓船刺芦花。江滨开园宅,畦蔗莳朵粗。梦惊如昨日,炊玉京困华。公来或藜羹,爱我不疵瑕。深念烦乡里,忍穷禁贷赊。夜谈帷幕冷,霜月动金蛇。即是桃李月,春虫语交加。我亦无酒饮,一室可盘蜗。要公共文字,朱墨勘舛差。非复少年日,声名取媠媠。诸阮有二妙,能诗定自嘉。何时来煮饼,蟹眼试官茶。"

按:《汉语大词典》已收"蟹眼",然仅将其释为:"螃蟹的眼睛。比喻水初沸时泛起的小气泡。"其说不确。蟹眼,当是以烧水煎茶时水底泛起的状如蟹眼一般的小气泡,来代指泡茶的初沸水。李家树、黄灵庚在其论文《宋诗茶文化语词举例》中已有详细举证,故在此不加赘述。

十一、鱼眼(汤):煎茶的初沸水。

《戏答荆州王充道烹茶四首》之四:"龙焙东风鱼眼汤,箇中即是白云乡。更煎双井苍鹰爪,始耐落花春日长。"

按:例同"蟹眼"。《汉语大词典》解释有误。详见本书第二章。

十二、云腴:茶。

《双井茶送子瞻》:"人间风日不到处,天上玉堂森宝书。想见东坡旧居士,挥毫百斛泻明珠。我家江南摘云腴,落磑霏霏雪不如。为君唤起黄州梦,独载扁舟向五湖。"

按:该词始见于唐代。紫琳腴、云腴、雪腴,皆唐茶之品精者。唐皮日休《奉和鲁望四明山九题·青棂子》:"山风熟异果,应是供真仙。味似云腴美,形如玉脑圆。衔来多野鹤,落处半灵泉。必共玄都奈,花开不记年。"又释道潜《夏日山居》之二:"苦笋争抽豸角,枇杷竞吐骊珠。午饭松间睡足,茶瓯满泛云腴。"宋庠《谢答吴侍郎惠茶二绝句》之一:"衰翁剧饮虽无分,且喜云腴伴独醒。"参见《汉语大词典》"云腴"条。

十三、紫琳腴:茶。

《子瞻以子夏丘明见戏聊复戏答》:"化工见弹太早计,端为失明能著书。迩来似天会事发,泪睫见光犹陨珠。喜公新赐紫琳腴,上清虚皇对久如。请天还我读书眼,愿载轩辕讫鼎湖。"

按:该词始见于唐代。范成大《嘲峡石》有"端溪紫琳腴,洮河绿沉色"句,"紫琳腴"即为茶名。参见《汉语大词典》"紫琳腴"条。

十四、粟面:煮茶时泛起的泡沫。

《奉谢刘景文送团茶》:"刘侯惠我大玄璧,上有雌雄双凤迹。鹅溪水练落春雪,粟面一杯增目力。刘侯惠我小玄璧,自裁半璧煮琼麋。收藏残月惜未碾,直待阿衡来说诗。绛囊团团余几璧,因来送我公莫惜。个中渴羌饱汤饼,鸡苏胡麻煮同吃。"

按：例同上文"茗花"。《汉语大词典》失收，详见本书第二章。

十五、鹰爪：嫩茶。

《答黄冕仲索煎双井并简扬休》："江夏无双乃吾宗，同舍颇似王安丰。能浇茗碗湔祓我，风袂欲挹浮丘翁。吾宗落笔赏幽事，秋月下照澄江空。家山鹰爪是小草，敢与好赐云龙同。不嫌水厄幸来辱，寒泉汤鼎听松风，夜堂朱墨小灯笼。惜无纤纤来捧碗，惟倚新诗可传本。"

按：鹰爪，茶叶名，因其状如鹰爪，故称。始见于宋代。《戏答荆州王充道烹茶四首》之四有"更煎双井苍鹰爪，始耐落花春日长"句，陆游《余邦英惠小山新芽作小诗三首以谢》之一有"家园破社得鹰爪，舌本初参便到眉"句，"鹰爪"均是指茶叶。参见《汉语大词典》"鹰爪"条。

十六、云龙：茶名。

《答黄冕仲索煎双井并简扬休》："江夏无双乃吾宗，同舍颇似王安丰。能浇茗碗湔祓我，风袂欲挹浮丘翁。吾宗落笔赏幽事，秋月下照澄江空。家山鹰爪是小草，敢与好赐云龙同。不嫌水厄幸来辱，寒泉汤鼎听松风，夜堂朱墨小灯笼。惜无纤纤来捧碗，惟倚新诗可传本。"

按：云龙，茶饼，表面印有龙云图案，故名，始见于宋代。李洪《清明钻火烹茶》："客舍垂杨依旧青，自钻新火应清明。故山紫笋谁能摘，倒箧云龙手自烹。"张孝祥《以茶芽焦坑送周德友，德友来索赐茶仆无之也》之一："帝家好赐乔云龙，只到调元六七公。赖有家山供小草，犹堪诗老荐春风。"参见《汉语大词典》"云龙"条。

十七、春芽：春茶。

《邹松滋寄苦竹泉橙曲莲子汤》："松滋县西竹林寺，苦竹林中甘井泉。巴人谩说虾蟆培，试裹春芽来就煎。"

按：春芽，即春茶。始见于宋代，以庭坚诗最早。吕陶《答岳山莲惠茶》："春芽不染焙中烟，山客勤勤惠至前。洗涤肺肝时一啜，恐如云露得超仙。"郭祥正《送吴山人二首》之二:"生死波中止一沤,离家失子已忘忧。只思北苑春芽熟,安得骑鲸逐俊游。"参见《汉语大词典》"春芽"条。

十八、玉尘:茶叶粉末。

《催公静碾茶》:"雪里过门多恶客,春阴只恼有情人。睡魔正仰茶料理,急遣溪童碾玉尘。"

按:玉尘,茶叶粉末,始见于唐代。白居易《游宝称寺》:"竹寺初晴日,花塘欲晓春。野猿疑弄客,山鸟似呼人。酒嫩倾金液,茶新碾玉尘。可怜幽静地,堪寄老慵身。"李昌《茶灶》:"中坻出盘陀,曲突非刻画。仙翁碾玉尘,盈瓯试春色。"周紫芝《十二月二十九日雪中煮茗》:"旋扫飞花煮玉尘,一杯聊饷作诗人。未知折脚铛中雪,何似浮蛆瓮里春。"参见《汉语大词典》"玉尘"条。

十九、密云龙:茶叶。

《以潞公所惠拣芽送公择次旧韵》:"庆云十六升龙样,国老元年密赐来。披拂龙纹射牛斗,外家英鉴似张雷。"史容注引《北苑贡茶录》:"庆历中,蔡君谟造小凤团,而龙团逐次之。元丰有旨,造密云龙,其品又加于小团之上。"

按:密云龙,团茶中精品。始见于宋代。张祁《答周邦彦觅茶》之一:"内家新赐密云龙,只到调元六七公。赖有空山供小草,犹堪诗老荐春风。"魏了翁《讲筵侍立》之三:"御前亲赐密云龙,讲罢分行帝在中。起揖坐尝还再拜,侍臣趋出辇还宫。"参见《汉语大词典》"密云龙"条。

二十、乳花:烹茶时泛起的乳状泡沫。

《今岁官茶极妙而难为赏音者戏作两诗用前韵》之二:"乳花翻碗正眉开,时苦渴羌冲热来。知味者谁心已许,维摩虽默语如雷。"

按:乳花,始见于唐代。李德裕《故人寄茶》:"剑外九华英,缄题下玉京。开时微月上,碾处乱泉声。半夜邀僧至,孤吟对竹烹。碧流霞脚碎,香泛乳花轻。六腑睡神去,数朝诗思清。其馀不敢费,留伴读书行。"至宋代盛行。林逋《监郡吴殿丞惠以笔墨建茶各吟一绝谢之·茶》:"石辗轻飞瑟瑟尘,乳花烹出建溪春。世间绝品人难识,闲对茶经忆古人。"参见《汉语大词典》"乳花"条。

二十一、山芽：茶叶。

《又戏为双井解嘲》："山芽落磑风回雪，曾为尚书破睡来。勿以姬姜弃蕉萃，逢时瓦釜亦鸣雷。"

按：山芽，茶叶别称，始见于宋代。徐积《谢李次翁》："次翁情义高，不在古人下。惠我春山芽，清吟为增价。记得西窗无，言诗遂及雅。且待李张来，说子到清夜。"曾几《述侄饷日铸茶》："宝胯自不乏，山芽安可无。子能来日铸，吾得且风炉。夏木啭黄鸟，僧窗行白驹。谈多转生睡，此味正时须。"参见《汉语大词典》"山芽"条。

二十二、龙文：龙凤团茶的代称。

《煎茶饼》："短喙可候煎，枵腹不停尘。蟹眼时探穴，龙文已碎身。茗碗有何好，煮瓶被宠珍。石交谅如此，湔被长日新。"

按：例同上文"云龙"条。《汉语大词典》失收，详见本书第二章。

二十三、顾渚春：茶名。

《送莫郎中致仕归湖州》："雪上多高士，君今又乞身。中年谢事客，白日上升人。静泛苕溪月，闲尝顾渚春。滔滔夜行者，能不愧清尘。"史季温注："按《舆地广记》：'顾渚隶湖州，地有进茶，品甚珍'。"

按：顾渚春，茶叶名，产自顾渚，在今江苏宜兴一带，今名"碧螺春"，以清明、谷雨摘茶为最佳。该词始见于唐代。刘禹锡《西山兰若试茶歌》有"何况蒙山顾渚春，白泥赤印走风尘"句，"顾渚春"即谓茶叶，宋时沿用。曾几《尹少稷寄顾渚茶》："骎骎要路津，旧日水南人。尚记茶山老，能分顾渚春。江淮劳庙算，河路暗胡尘。忧国惟生睡，降魔固有神。"苏轼《送刘寺丞赴余姚》亦有"千金买断顾渚春，似与越人降日注"句。参见《汉语大词典》"顾渚春"条。

二十四、兔毛：茶叶。

《信中远来相访且致今岁新茗又枉任道寄佳篇复次韵呈信中兼简任道》：

"安坐一柱观,立遣十年劳。玄圭于我厚,千里来江皋。松风转蟹眼,乳花明兔毛。何如浮大白,一举醉陶陶。"

按:兔毛,借指茶叶,细嫩的茶叶上有白色毫毛,故名,为茶之上品。"兔毛"一词,始首见于唐代。吕岩《大云寺茶诗》:"玉蕊一枪称绝品,僧家造法极功夫。兔毛瓯浅香云白,虾眼汤翻细浪俱。断送睡魔离几席,增添清气入肌肤。幽丛自落溪岩外,不肯移根入上都。"宋时沿用。苏辙《次韵李公择以惠泉答章子厚新茶二首》之一有"蟹眼煎成声未老,兔毛倾看色尤宜"句,梅尧臣《次韵和永叔尝新茶杂言》有"兔毛紫盏自相称,清泉不必求虾蟆"句,"兔毛"均指茶叶。参见《汉语大词典》"兔毛"条。

二十五、云液:泉水的美称。

《寄新茶与南禅师》:"筠焙熟香茶,能医病眼花。因甘野夫食,聊寄法王家。石钵收云液,铜瓶煮露华。一瓯资舌本,吾欲问三车。"

按:《汉语大词典》书证滞后,详见本书第二章。

二十六、酪奴:茶名。

《景珍太博见示旧倡和蒲萄诗因而次韵》:"映日圆光万颗余,如观宝藏隔虾须。夜愁风起飘星去,晓喜天晴缀露珠。宫女拣枝模锦绣,论师持味比醍醐。欲收百斛供春酿,放出声名压酪奴。"

按:该词典出北魏杨衒之《洛阳伽蓝记·正觉寺》:"羊比齐鲁大邦,鱼比邾莒小国。惟茗不中,与酪作奴……彭城王重谓曰:'卿明日顾我,为卿设邾莒之食,亦有酪奴。'因此复号茗饮为酪奴。"[7][页110]后遂沿用。参见《汉语大词典》"酪奴"条。

二十七、建溪春:建茶美称。

《谢王炳之惠茶》:"平生心赏建溪春,一丘风味极可人。香包解尽宝带胯,黑面碾出明窗尘。家园鹰爪改呕泠,官焙龙文常食陈。于公岁取壑源足,勿遣沙溪来乱真。"

按:建溪,福建水名,其地产茶,以地名之,号建茶。建溪春,即建茶美称也。该词始见于宋。朱松《答卓民表送茶》："搅云飞雪一番新,谁念幽人尚食陈。髣髴三生玉川子,破除千饼建溪春。唤回窈窈清都梦,洗尽蓬蓬渴肺尘。便欲乘风度芹水,却悲狡狯得君嗔。"林逋《监郡吴殿丞惠以笔墨建茶各吟一绝谢之·茶》："石辇轻飞瑟瑟尘,乳花烹出建溪春。"参见《汉语大词典》"建溪春"条。

二十八、沙溪:茶叶名。

《谢王炳之惠茶》："于公岁取壑源足,勿遣沙溪来乱真。"

按:《汉语大词典》失收此词,详见本书第二章。

第三节　吃食类

中国饮食文化源远流长,历经数千年演变,形成了独具特色的体系。早在新石器时代,黄河流域就开始种植粟(小米)、长江流域开始培育稻米,"南稻北粟"的格局开始形成。商周时期出现盐、梅、酒等调味品,饮食青铜器的使用推动了烹饪技术的进步。汉代张骞从西域引入葡萄、苜蓿、胡麻(芝麻)、大蒜等,丰富食材种类,同时期铁锅出现,催生出一系列快速烹饪法。隋唐之后,经济的繁荣进一步促进了饮食的多样化,唐时长安出现了国际化餐饮市场,宋代市井文化兴盛,夜市、酒楼林立,《东京梦华录》记载了数百种菜肴。黄庭坚诗中的吃食类文化词语正是宋代饮食文化繁荣的一种体现。本节收录二十一则吃食类文化词语,罗列如下。

一、马乳:葡萄品种。

《送顾子敦赴河东三首》之三:"揽辔都城风露秋,行台无妾护衣篝。虎头妙墨能频寄,马乳蒲萄不待求。上党地寒应强饮,两河民病要分忧。犹闻昔在军兴日,一马人间费十牛。"

按:马乳之称葡萄,盖因形似而得名。参见《汉语大词典》"马乳"条。

二、柘枝:荔枝的一种。

《次韵任道食荔支有感三首》之二:"今年荔子熟南风,莫愁留滞太史公。五月照江鸭头绿,六月连山柘枝红。"任渊注:"山谷《与王观复书》云:'今年戎州荔子盛登,一种柘枝,头出于遏腊平,大如鸡卵,味极美。'"

按:章孝表有《柘枝诗》:"柘枝初出鼓声招,花钿罗衫耸细腰。"参见《汉语大词典》"柘枝"条。

三、汤饼:水煮的面食。

《谢送碾壑源拣芽》:"矞云从龙小苍璧,元丰至今人未识。壑源包贡第一春,缃奁碾香供玉食。睿思殿东金井栏,甘露荐碗天开颜。桥山事严庀百局,补衮诸公省中宿。中人传赐夜未央,雨露恩光照宫烛。右丞似是李元礼,好事风流有泾渭。肯怜天禄校书郎,亲敕家庭遣分似。春风饱识太官羊,不惯腐儒汤饼肠。搜搅十年灯火读,令我胸中书传香。已戒应门老马走,客来问字莫载酒。"

按:汤饼,参见《汉语大词典》"汤饼"条。

四、醒酒冰:水晶脍别名。

《饮韩三家醉后始知夜雨》:"醉卧人家久未曾,偶然樽俎对青灯。兵厨欲罄浮蛆瓮,馈妇初供醒酒冰。只见眼前人似月,岂知帘外雨如绳。浮云不负青春色,未觉新诗减杜陵。"山谷自注:"予尝醉后字水晶脍为醒酒冰,酒徒皆以为知言。"

按:宋孙奕《履斋示儿编·杂记三》"易物名"条:"山谷喜为物易名……水晶脍则易为醒酒冰。"[8][页159]此名为山谷自造。参见《汉语大词典》"醒酒冰"条。

五、乳粥:用乳汁或酥油调制的粥。

《奉同六舅尚书咏茶碾煎烹六首》之三:"乳粥琼糜雾脚回,色香味触映根来。睡魔有耳不及掩,直拂绳床过疾雷。"

按：乳粥，又名乳糜。陆游《残腊二首》之二："乳糜但喜分香钵，银胜那思映彩鞭。"参见《汉语大词典》"乳粥"条。

六、笼饼：馒头。

《次韵子瞻题无咎所得与可竹二首粥字韵戏嘲无咎人字韵咏竹》之一："十字供笼饼，一水试茗粥。忽忆故人来，壁间风动竹。舍前粲戎葵，舍后荒苜蓿。此郎如竹瘦，十饭九不肉。"史容注引《朝野佥载》："侯思只食笼饼，必令缩葱加肉。笼饼即馒头。"

按：笼饼见《春渚纪闻》卷四"宗威愍政事"条，始于南朝。参见《汉语大词典》"笼饼"条。

七、五侯鲭：泛称佳肴美食。

《次韵答杨子闻见赠》："金盘厌饫五侯鲭，玉壶浇泼郎官清。长安市上醉不起，左右明妆夺目精。结交贤豪多杜陵，桃李成蹊卧落英。黄缓今为白下令，苍颜只使故人惊。督邮小吏皆趋版，阳春白雪分吞声。杨君青云贵公子，叹嗟簿领困书生。赠我新诗甚高妙，泪斑枯笛月边横。文章不直一杯水，老矣忍与时人争。江城歌舞聊得醉，但愿数有美酒倾。莫要朱金缠缚我，陆沈世上贵无名。"

按：五侯鲭，本出汉代娄护合王氏五侯家珍膳而烹饪的杂烩，后用以泛称佳肴。参见《汉语大词典》"五侯鲭"条。

八、罢亚：稻名。

《送舅氏野夫之宣城二首》之二："试说宣城郡，停杯且细听。晚楼明宛水，春骑簇昭亭。罢亚丰圲户，桁杨卧讼庭。谢公歌舞处，时对换鹅经。"任渊注："杜牧之诗：'罢亚百顷稻，西风吹半黄。'自注云：'罢亚，稻名。'"

按：始出唐代而行于宋。参见《汉语大词典》"罢亚"条。

九、香秔：稻名。

《次韵伯氏长芦寺下》："风从落帆休，天与大江平。僧坊昼亦静，钟磬寒逾清。淹留属暇日,植杖数连甍。颇与幽子逢,煮茗当酒倾。携手霜木末,朱栏见潮生。橘移永正县,乌度建康城。薪者得树鸡,羹盂味南烹。香秔炊白玉,饱饭愧闲行。丛祠思归乐,吟弄夕阳明。思归诚独乐,薇蕨渐春荣。"

按:香秔,一种有香味的粳米。产于江浙一带。首见于《文选》张衡《南都赋》:"若其厨膳,则有华芗重秬,滍皋香秔"。吕向注:"香秔,稻名。"[6][页86A]参见《汉语大词典》"香秔"条。

十、杞菊花:茼蒿。

《读方言》:"八月梨枣红,绕墙风自落。江南风雨余,未觉衣衾薄。壁虫忧寒来,催妇织衣着。荒畦杞菊花,犹用充羹臛。连日无酒饮,令人风味恶。颇似扬子云,家贫官落魄。忽闻辂轩书,涩读劳辅腭。虚堂漏刻间,九土可领略。愿多载酒人,喜我识字博。设心更自笑,欲过屠门嚼。往时抱经纶,待价一丘壑。卜师非熊罴,梦相解靡索。所欲吾未奢,傥使耕可获。今年美牟麦,厨馔丰饼饦。摩挲腹中书,安知非糟粕。"

按:杞菊花,又名菊花菜。始见于唐。参见《汉语大词典》"杞菊"条。

十一、桑鹅:桑耳。

《答永新宗令寄石耳》:"饥欲食首山薇,渴欲饮颍川水。嘉禾令尹清如冰,寄我南山石上耳。筠笼动浮烟雨姿,瀹汤磨沙光陆离。竹萌粉饵相发挥,芥姜作辛和味宜。公庭退食饱下筋,杞菊避席遗萍虀。雁门天花不复忆,况乃桑鹅与楮鸡。小人藜羹亦易足,嘉蔬遭饷荷眷私。吾闻石耳之生常在苍崖之绝壁,苔衣石腴风日炙。扪萝挽葛采万仞,仄足委骨豺虎宅。佩刀买犊剑买牛,作民父母今得职。闵仲叔不以口腹累安邑,我其敢用鲑菜烦嘉禾。愿公不复甘此鼎,免使射利登嵯峨。"

按:桑鹅,即桑耳,生于桑树上的菌,可食,亦可入药。始见于庭坚诗。参见《汉语大词典》"桑鹅"条。

十二、楮鸡:黄耳菌的别称。

《答永新宗令寄石耳》:"雁门天花不复忆,况乃桑鹅与楮鸡。"史容注引东坡《和陶诗》：“老楮生树鸡，当是黄耳菌之属”。

按：此词始见于宋。参见《汉语大词典》“楮鸡”条。

十三、鸿头：芡实。

《同钱志仲饭籍田钱孺文官舍》：“帝藉开千亩，农功先九州。王孙守末耜，吏隐极风流。永夏丰草木，五云卫郊丘。牛羊卧篱落，宾客解衣裳。汲井羞热啜，挽溪供甘柔。倒载收莲的，剖蚌煮鸿头。野日草光合，水风荷气浮。稻畦下白鹭，林樾应鸣鸠。主人发清赏，况复佳同游。归扇障小雨，真成一赐休。”

按：鸿头，盖因形似而得名。参见《汉语大词典》“鸿头”条。

十四、鸡头：芡实的别称。

《次韵王定国扬州见寄》：“清洛思君昼夜流，北归何日片帆收。未生白发犹堪酒，垂上青云却佐州。飞雪堆盘鲙鱼腹，明珠论斗煮鸡头。平生行乐自不恶，岂有竹西歌吹愁。”

按：北魏贾思勰《齐民要术·养鱼》：“鸡头，一名雁喙，即今茨子是也。由子形上花似鸡冠，故名曰鸡头。”[12][页606]参见《汉语大词典》“鸡头”条。

十五、菰首：茭白。

《次韵子瞻春菜》：“北方春蔬嚼冰雪，妍暖思采南山蕨。韭苗水饼姑置之，苦菜黄鸡羹糁滑。蓴丝色紫菰首白，蒌蒿芽甜蓼头辣。生菹入汤翻手成，芼以姜橙夸缕抹。惊雷菌子出万钉，白鹅截掌鳖解甲。琅玕森深未飘箨，软炊香秔煨短苗。万钱自是宰相事，一饭且从吾党说。公如端为苦笋归，明日青衫诚可脱。”

按：菰是茭白的旧名，然以“菰首”称茭白，则始见于宋。参见《汉语大词典》“菰首”条。

十六、菰白：茭白。

《萧巽葛敏修而学子和予食笋诗次韵答之二首》之二：“韭黄照春盘，菰白媚秋菜。惟此苍竹苗，市上三时卖。江南家家竹，剪伐谁主宰。半以苦见疏，不言甘易坏。葛陂雕龙睡，未索儿孙债。獭胆能分杯，虎魄妙拾芥。此物于食殽，如客得傧介。思入帝鼎烹，忍遭饥涎噫。懒林供翰墨，砧杵风号嘬。每下叹枯株，焚如落樵采。"

按：此以其色为名。《汉语大词典》失收，详见本书第二章。

十七、鸡苏：紫苏草名。

《今岁官茶极妙而难为赏音者戏作两诗用前韵》之一："鸡苏狗虱难同味，怀取君恩归去来。青箬湖边寻顾陆，白莲社里觅宗雷。"史容注："鸡苏，俗呼紫苏"。

按：鸡苏，草名，即水苏。其叶辛香，可以烹鸡，故名。始见于宋。参见《汉语大词典》"鸡苏"条。

十八、晚菘：秋末冬初的白菜。

《即席》："落叶不胜扫，月明树阴疏。亲邻二三子，樽酒相与俱。霜栗剥寒橐，晚菘煮青蔬。解官方就门，敦薄无简书。纯益气萧萧，未羁天马驹。元礼喜作诗，豪气小未除。大薛知力学，日来反三隅。小薛受善言，如以柳贯鱼。天民尝逸驾，近稍就橛株。知命虽畸人，清谈颇有余。阿卢快犊子，规矩尚小殊。不材於用少，我则涧底樗。会合只偶然，等闲异秦吴。人生一世间，何异乐出虚。过耳莫省领，披怀使恢疏。买网尚可鳝，倒壶更遭沽。不当爱一醉，倒倩路人扶。"

按：晚菘，见罗愿《尔雅翼》，然始于六朝。参见《汉语大词典》"晚菘"条。

十九、鸭脚：银杏果。

《寄题安福李令先春阁》："宫殿绕风烟，江山壮城郭。令君艺桃李，面春筑飞阁。春至最先知，雨露偏花药。是日劝农桑，冰销土膏作。弦歌出县斋，裴回问民瘼。鸡犬声相闻，婴此簿领缚。安得携手嬉，烹茶煨鸭脚。"

按：鸭脚，本为银杏树的别名，树叶似鸭掌状，故称。又用之代指银杏的果实。始见于宋。参见《汉语大词典》"鸭脚"条。

二十、糖霜：白糖名。

《次韵伯氏戏赠韩正翁菊花开时家有美酒》："鬓发斑然潘骑省，腰围瘦尽沈东阳。茶瓯屡煮龙山白，酒碗希逢若下黄。乌角巾边簪钿朵，红银杯面冻糖霜。会须著意怜时物，看取年华不久芳。"

按：制作糖霜之法，相传起于唐大历年间。宋王灼《糖霜谱》，载糖霜起源及制作食用之法颇详。参见《汉语大词典》"糖霜"条。

二十一、猫头：笋名。

《谢人惠猫头笋》："长沙一月煨鞭笋，鹦鹉洲前人未知。走送烦公助汤饼，猫头突兀想穿篱。"

按：猫头，盖以形似而得名。始见于宋。参见《汉语大词典》"猫头"条。

第四节　花鸟类

作为中华文明的重要组成部分，中国花鸟文化的发展历程贯穿了数千年的艺术、哲学和社会变迁，形成了独特的审美体系与精神内涵。早在先秦时期，花鸟意象就已出现在《诗经》《楚辞》等经典当中，如"关关雎鸠""采采卷耳""苕之华，其叶青青"，以动植物寄托情感，体现早期自然观与生命意识。汉代儒家的"比德"思想兴起，如"梅兰竹菊"的品性象征初现雏形，另外汉代画像石、画像砖中出现了一些花鸟图案，充满了各种美好的寓意。魏晋时期玄学推动了自然审美的独立，东晋顾恺之的《凫雁水鸟图》标志着花鸟脱离人物画背景而独立存在。唐代宫廷绘画兴盛，诗歌中花鸟意象（如李白"花间一壶酒"）与绘画相映成趣。宋时文人画兴起，苏轼以墨竹抒怀，主张"诗画本一律"，赋予花鸟"君子人格"的隐喻，如梅之孤傲、竹之劲节等。黄庭坚诗中有许多花鸟的别称，或雅言，或俗语，本节共收录二十四则词语，罗列如下。

一、金沙:花名。

《次韵张仲谋过酺池寺斋》:"十年醉锦幄,酴醾照金沙。鼓眠春风底,不去留君家。是时应门儿,紫兰茁其芽。只今将弟妹,嬉戏牵羊车。忽书满窗纸,整整复斜斜。平生悲欢事,头绪乱如麻。苟禄无补报,几成来食嗟。喜君崇名节,青云似有涯。我梦江湖去,钓船刺芦花。江滨开园宅,畦蔗莳梨柤。梦惊如昨日,炊玉京困华。公来或藜羹,爱我不疵瑕。深念烦乡里,忍穷禁贷赊。夜谈帘幕冷,霜月动金蛇。即是桃李月,春虫语交加。我亦无酒饮,一室可盘蜗。要公共文字,朱墨勘舛差。非复少年日,声名取娉婷。诸阮有二妙,能诗定自嘉。何时来煮饼,蟹眼试官茶。"

按:金沙,花名,金沙罗的省称。《广群芳谱·花谱》二十一"金沙"条:"金沙罗似酴醾花,单瓣,红艳夺目。"杨万里《因种酴醾金沙作度雪台以下临之酴醾瘁而金沙独茂》:"独种酴醾冷却伊,金沙作伴暖相依。酴醾枯了来年补,且看金沙也自奇。"参见《汉语大词典》"金沙罗"条。

二、酴醾:花名。

《次韵张仲谋过酺池寺斋》:"十年醉锦幄,酴醾照金沙。"

按:山谷在《见诸人唱和酴醾诗辄次韵戏咏》自注:"酴醾,名字因壶酒。"酴醾,本酒名。以此花颜色与酴醾酒颜色类似,故名。始见于唐,盛行于宋。参见《汉语大词典》"酴醾"条。

三、木莲:木芙蓉的别名。

《闻吉老县丞按田在万安山中》:"苦雨初闻唤妇鸠,红妆满院木莲秋。樽前不记崔思立,应在诸山最上头。"任渊注:"木莲,木芙蓉也。"

按:木莲,始见于宋。杨万里《张子仪太社折送秋日海棠二首》之二:"木莲篱菊总无光,秋色今年付海棠。为底夜深花不睡,翠纱袖上月如霜。"《行圃》:"饭罢来窥园,晴路忽流水。石子净无尘,一一湿如洗。夜来元无雨,霜消痕尚尔。稚子有素约,杖屦从我戏。老夫偶独先,稚子久不至。初心一何乐,中路惨不喜。怅望行复歇,回顾亦三四。行逢木莲开,攀翻嗅霜蕊。"参见《汉语大词典》"木蘰"条。

四、姚黄：牡丹的品种之一。

《乞姚花二首》之一："正是风光懒困时，姚黄开晚落应迟。欲雕好句乞春色，日历如山不到诗。"

按：欧阳修《牡丹释名》载："姚黄者，千叶黄花，出于民姚氏家"[1][页383]，以姓为名。始见于晚唐五代。王周《和杜运使巴峡地暖节物与中土异黯然有感》之三："随柳参差破绿芽，此中依约欲飞花。春光是处伤离思，何况归期未有涯。始看菊蕊开篱下，又见梅花寄岭头。揽辔巴西官局冷，几凭春酒沃乡愁。花品姚黄冠洛阳，巴中春早羡孤芳。不知别有栽培力，流咏新诗与激昂。"参见《汉语大词典》"姚黄"条。

五、牛家花：即牛黄，牡丹的品种之一。

《效王仲至少监咏姚花用其韵四首》之一："映日低风整复斜，绿玉眉心黄袖遮。大梁城里虽罕见，心知不是牛家花。"

按：《汉语大词典》失收，本书详见第二章。

六、千叶紫：即左花，牡丹花的品种之一。

《王才元舍人许牡丹求诗》："闻道潜溪千叶紫，主人不剪要题诗。欲搜佳句恐春老，试遣七言赊一枝。"

按：《汉语大词典》失收，详见本书第二章。

七、状元红：牡丹的品种之一。

《谢王舍人剪状元红》："清香拂袖剪来红，似绕名园晓露丛。欲作短章凭阿素，缓歌夸与落花风。"任渊注曰："状元红，亦牡丹名。"

按：周师厚《洛阳花木记·叙牡丹》："状元红，千叶深红花也……其色最美，迥出众花之上，故洛人以状元呼之。"[18][卷二十六页96] 黄裳《代探花郎》之二："鞭上芦花柳色中，匆匆须放状元红。东君已播芳菲令，莫倚雕栏待晚风。"文彦博《诗谢留守王宣徽远惠牡丹》："姚黄左紫状元红，打剥栽培久用功。采折乍经微雨后,缄封仍在小奁中。勤勤赏玩倾兰醑,漠漠馨香逐蕙风。犹恐花心怀旧土,戴时频与望青嵩。"参见《汉语大词典》"状元红"条。

八、黄钿:黄菊的美称。

《入穷巷谒李材叟翘叟戏赠鉴简田子平三首》之一:"紫冠黄钿网丝窠,蝶绕蜂围奈晚何。二叟家居如避世,开门自少俗人过。"

按:《汉语大词典》失收,详见本书第二章。

九、山矾:花名。

《王充道送水仙花五十枝欣然会心为之作咏》:"凌波仙子生尘袜,水上轻盈步微月。是谁招此断肠魂,种作寒花寄愁绝。含香体素欲倾城,山矾是弟梅是兄。坐对真成被花恼,出门一笑大江横。"

按:《汉语大词典》失收,详见本书第二章。

十、栗玉花:水仙花的别称。

《吴君送水仙花并二大本》:"折送南园栗玉花,并移香本到寒家。何时持上玉宸殿,乞与宫梅定等差。"

按:栗玉花,水仙花的别名。始见于宋代。赵蕃《谢人送水仙》:"珍重江南好事家,老将种荷作生涯。似怜寂寞书斋里,折赠盈篮栗玉花。"参见《汉语大词典》"栗玉花"条。

十一、横枝:梅花的别名。

《刘邦直送早梅水仙花四首》之二:"探请东皇第一机,水边风日笑横枝。鸳鸯浮弄婵娟影,白鹭窥鱼凝不知。"

按:横枝称梅花,典出宋林和靖《山园小梅》:"疏影横斜水清浅。"刘子翚《张巨山赋蜡梅因成四首》之一:"取名慕横枝,要自同风格。虽微调鼎味,宛有金铉色。"陆游《雪后寻梅偶得绝句十首》之九:"蕊殿仙姝下界游,偶来税驾剡溪头。君看月里横枝影,尽是苍龙与翠虬。"参见《汉语大词典》"横枝"条。

十二、袁家紫：牡丹别名。

《病来十日不举酒二首》之二："病来十日不举酒,独卧南床春草生。承君折送袁家紫,令我兴发郎官清。"

按：袁家紫,指牡丹花。始见于庭坚诗。《汉语大词典》失收,详见本书第二章。

十三、紫绵：海棠。

《以金沙酴醾送公寿》："天遣酴醾玉作花,紫绵揉色染金沙。凭君著意樽前看,便与春工立等差。"

按：《汉语大词典》失收,详见本书第二章。

十四、香红：花名。

《王立之以小诗送并蒂牡丹戏答》："分送香红惜折残,春阴醉起薄罗寒。不如王谢堂前燕,曾见新妆并倚栏。"

按："香红"一词始见于唐代,泛指花名,盛行于宋。王安中《二月四日见小桃》："香红初破北州春,深谷嫣然一笑新。莫为馀寒嗟晚见,锦帷轻拜卫夫人"宋白《牡丹诗十首》之五："澹黄容止间深檀,妥娇香红露未干。和泪似嫌春渐老,向人如说夜来寒。妆成有样教天媛,礼绝无心下国兰。针绣笔描俱未是,好风相倚笑边鸾。"参见《汉语大词典》"香红"条。

十五、江梅：野生梅花。

《赋陈季张北轩杏花》："青春不拣势薄厚,春到人家尽花柳。杏园主人殊未来,岂谓一枝先入手。天晴日暖笼紫烟,镜里红妆犹带酒。江梅已尽桃李迟,此时此花即吾友。栏边渐满枝上空,叹息踟蹰为之久。荣衰何异人一生,少壮鏖时成老丑。狂痴未解惜光阴,不饮十人常八九。岂如大醉升糟丘,太古乾坤随处有。更当种子如董仙,抟米谁能问升斗。"

按：江梅,非谓江畔之梅,乃野梅名。该词始见于庭坚诗。范成大《梅谱》：

"江梅,遗核野生、不经栽接者,又名直脚梅,或谓之野梅"[1][页98]。参见《汉语大词典》"江梅"条。

十六、拒霜:木芙蓉的别称。

《陈季张有蜀芙蓉长饮客至辄开剪去作诗戏之》:"剪花莫学韩中令,投辖惟闻陈孟公。客兴不孤春竹叶,年华全属拒霜丛。玄子蹙迫三秋尽,青女摧残一夜空。著意留连好风景,非君谁作主人翁。"

按:拒霜,木芙蓉的别称。冬凋夏茂,仲秋开花,耐寒不落,故名。始行于宋代。杨万里《芗林五十咏·芙蓉沜》:"岸植木菡萏,池栽水拒霜。那知一家种,同艳不同香。"赵抃《九日湖上登高寄前人二首》之一:"九日湖楼把酒卮,拒霜黄菊斗芳菲。五逢吴越重阳节,白首柯山未许归。"参见《汉语大词典》"拒霜"条。

十七、玉英:花之美称。

《次韵景珍酴醾》:"莫惜金钱买玉英,担头春老过清明。天香国艳不著意,诗社酒徒空得名。及此一时须痛饮,已拚三日作狂酲。濠州园里都开尽,肠断萧萧雨打声。"

按:玉英一词,用为花之美称,始见于唐孙光宪《后庭花》词之二:"玉英凋落尽,更何人识"。《汉语大词典》引宋、明词曲为例,书证滞后。参见《汉语大词典》"玉英"条。

十八、提壶:鹈鹕鸟。亦代指鹈鹕鸟的鸣声。

《演雅》:"桑蚕作茧自缠裹,蛛蝥结网工遮逻。燕无居舍经始忙,蝶为风光勾引破。老鹳衔石宿水饮,稚蜂趋衙供蜜课。鹊传吉语安得闲,鸡催晨兴不敢卧。气陵千里蝇附骥,枉过一生蚁旋磨。虻闻汤沸尚血食,雀喜宫成自相贺。晴天振羽乐蜉蝣,空穴祝儿成蜾蠃。蛣蜣转丸贱苏合,飞蛾赴烛甘死祸。井边蠹李螬苦肥,枝头饮露蝉常饿。天蝼伏隙录人语,射工含沙须影过。训狐啄屋真行怪,蟏蛸报喜太多可。鸬鹚密伺鱼虾便,白鹭不禁尘土涴。络纬何尝省机织,布谷未应勤种播。五技鼯鼠笑鸠拙,百足马蚿怜鳖跛。老蚌胎中珠是贼,醯鸡瓮里天几大。螳螂当辙恃长臂,熠燿宵行矜照火。提壶犹能劝沽酒,黄口只知贪饭颗。伯劳饶舌世不问,鹦鹉才言便关鏁。春蛙夏蜩更嘈杂,土蚓壁蟫何碎琐。江南野水碧于天,中有白鸥闲似我。"

按:此处"提壶"乃指鹈鹕鸟。详见《汉语大词典》"提壶"条。山谷《次韵坦夫见惠长句》另有"树头树底劝提壶,南冈北冈教脱裤"句,据诗意,此处"提壶"谓鹈鹕鸟之鸣声也。《汉语大词典》失收"鸟鸣声"义项,详见本书第二章。

十九、竹鸡:鸟名。

《戏咏李存古家驯鹧鸪二首》之一:"山雌之弟竹鸡兄,乍入雕笼便不惊。此鸟为公行不得,报晴报雨总同声。"

按:竹鸡,鸟名,始见于唐,盛行于宋。参见《汉语大词典》"竹鸡"条。

二十、仆姑:鸟名。

《次韵叔父圣谟咏莺迁谷》:"鸦舅颇强聒,仆姑常勃磎。黄鸟怀好音,秋菊染春衣。嘤嘤求朋友,忧患同一枝。提壶要酤我,杜宇赋式微。黄鸟在幽谷,韬光养羽仪。晴风曜桃李,言语自知时。先生丘中隐,乔木见雄雌。引子迁绿阴,相戒防祸机。李杜死刀锯,陈张怨弃遗。不如听黄鸟,永昼客争棋。"

按:仆姑,《汉语大词典》收"仆姑"一词,但仅有"箭名"之义项,失收"鸟名"之义项。

二十一、泥滑滑:竹鸡音。

《雕陂》:"雕陂之水清且泚,屈为印文三百里。呼船载过七十馀,褰裳乱流初不记。竹舆呕哑山径凉,仆姑呼妇声相倚。篝中犹道泥滑滑,仆夫惨惨耕夫喜。穷山为吏如漫郎,安能为人作嚆矢。老僧迎谒喜我来,吾以王事笃行李。知民虚实应县官,我宁信目不信耳。僧言生长八十馀,县令未曾身到此。"史容注:"'泥滑滑',蜀中号鸡头鹘。"

按:史说非是。道,说也。"泥滑滑",当指鸟鸣声,这里指的是竹鸡鸟的鸣叫声。

二十二、栗留:黄鸟别称。

《送张材翁赴秦签》:"金沙酴醾春纵横,提壶栗留催酒行。公家诸父酌我醉,横笛送晚延月明。此诗诸儿皆秀发,酒间乞书藤纸滑。北门相见后十年,醉语十不省七八。吏事衮衮谈赵张,乃是樽前绿发郎。风悲松丘忽三岁,更觉绿竹能风霜。去作将军幕下士,犹闻防秋屯虎兕。只今陛下思保民,所要边头不生事。短长不登四万日,愚智相去三十里。百分举酒更若为,千户封侯傥来尔。"史容注:"黄鸟,黄鹂留也,或谓之黄栗留。"

按:栗留,始见于宋代,参见《汉语大词典》"栗留"条。

二十三、脱裤:布谷鸟。

《次韵坦夫见惠长句》:"温风撩人随处去,欲如膻羊蚁旋慕。落英马前高下飞,牵挽忽与樽酒遇。令行如水万夫长,倾盖不减平生故。素衣成缁面黧黑,笑说尘沙工点污。王事贤劳尚有诗,自卷溪藤染霜兔。桃李清阴坐未移,走送雄篇疲健步。张侯先不露文章,十年深深豹藏雾。欸来听讼小棠阴,千里鸣弦舞韶濩。我名最落诸人后,顿使漂山由众煦。伐木丁丁愧友声,食蘋呦呦怀野聚。谷阳旧全一片春,勤我引领西南傃。遥知红紫能乱眼,锦衾作梦高唐赋。简书留句四十里,梦魂明月识归路。公才富比沧海宫,明珠珊瑚凡几库。惠连冢上麦纤纤,喜公犹得春草句。明朝折柳作马箠,想见杯盘咄嗟具。风光暂来不供玩,大似横塘过飞鹜。瓮面浮蛆暖更多,气味烦公卒调护。树头树底劝提壶,南冈北冈教脱裤。春衣可著惬醉眠,急觞催传莫论数。"

按:脱裤,布谷鸟别称,因鸣叫而得名,始见于宋代。苏轼《五禽言》其二:"溪边布谷儿,劝我脱破裤。不辞脱裤溪水寒,水中照见催租瘢。"曾几《禽声四首》:"幽禽竟日引圆吭,脱裤催人有底忙。不但春天无衣著,凄风冷雨绝须防。"参见《汉语大词典》"脱裤"条。

二十四、脊令:即鹡鸰,水鸟名。

《黄颍州挽词三首》之三:"公与汝阳守,人间孝友稀。脊令鸣夜雨,常棣倚春晖。粉省双飞入,泉台相与归。哀笳宛丘道,衰涕不胜挥。"

按：脊令，即鹡鸰，水鸟名。又，陈克《宁王进史图》："上林风暖脊令飞，玉带花骢侍辇归。汗简不知天上事，至尊新纳寿王妃。"彭汝砺《奉答诸兄弟诗韵》："饥渴相期侍板舆，途中千万数脂车。浮生本自云无定，白发新来雪不如。原上脊令知望汝，洲前鹦鹉看题书。愁肠日有平安信，只问江头双鲤鱼。"参见《汉语大词典》"脊令"条。

二十五、山雌：雉名。

《戏咏李存古家驯鹧鸪二首》之一："山雌之弟竹鸡兄，乍入雕笼便不惊。此鸟为公行不得，报晴报雨总同声。"

按：语本《论语·乡党》："山梁雌雉，时哉时哉！"后以"山雌"借指雉。参见《汉语大词典》"山雌"条。

第五节　虫鱼类

虫鱼文化，可以说贯穿于中华文明的发展历程，既反映了古人对自然资源的利用智慧，也体现了生态观念与文化审美的变迁，宋代兴起的"吃蟹"风潮在黄庭坚诗中体现得淋漓尽致。本节共收录词语十二条，兹列如下。

一、二螯：蟹名。

《代二螯解嘲》："仙儒昔日卷龟壳，蛤蜊自可洗愁颜。不比二螯风味好，那堪把酒对西山。"

按：典出《荀子·劝学篇》："蟹六跪而二螯"。《汉语大词典》失收，详见本书第二章。

二、招潮：蟹名。

《又借前韵见意》："招潮瘦恶无永味，海镜纤豪只强颜。想见霜脐当大嚼，梦回雪压摩围山。"任渊注引《海物异名记》："蟹之小者，每潮欲来，出穴举螯迎之,名招潮子"。

按:招潮,蟹名。又名"望潮"。如,陈造《留行都》:"薰衣子笑韵,入箸望潮鲜。"参见《汉语大词典》"招潮"条。

三、海镜:蛤类名。

《又借前韵见意》:"海镜纤豪只强颜。"

按:海镜,蛤类名。唐代刘恂《岭表录异》卷下有详尽记载:"海镜,广人呼为膏叶盘。两片合以成形,壳圆,中甚莹滑,日照如云母光,内有少肉如蚌胎。腹中有小蟹子,其小如黄豆,而螯足具备。海镜饥,则蟹出拾食,蟹饱归腹,海镜亦饱。"[5][页81]至宋时仍使用广泛。李彭《食蟹》有"大嚼故知羞海镜,嗜甘易误食蝤蛑"句。参见《汉语大词典》"海镜"条。

四、霜脐:蟹名。

《又借前韵见意》:"想见霜脐当大嚼,梦回雪压摩围山。"
按:蟹霜后肥美,故称。参见《汉语大词典》"霜脐"条。

五、郭索:蟹名。

《德孺五丈和之字诗韵难而愈工辄复和成可发一笑》:"且然聊尔耳,得也自知之。独笑真成梦,狂歌或似诗。照滩禽郭索,烧野得伊尼。早晚来同醉,僧窗卧虎皮。"任渊注曰:"郭索谓蟹"。

按:始见于唐而行于宋。如,陆龟蒙《酬袭美见寄海蟹》有:"自是扬雄知郭索,且非何胤敢饾饤。"参见《汉语大词典》"郭索"条。

六、天螺:蟪蛄名。

《演雅》:"天螺伏隙录人语,射工含沙须影过。"任渊注引《本草》:"蟪蛄,一名蟪蛄,一名天螺。"

按:参见《汉语大词典》"天螺"条。

七、络纬：虫名。

《演雅》："络纬何尝省机织，布谷未应勤种播。"

按：络纬，虫名。即莎鸡，俗称络丝娘、纺织娘。夏秋夜间振羽作声，声如纺线，故名。参见《汉语大词典》"络纬"条。

八、酰鸡：蠛蠓。

《演雅》："老蚌胎中珠是贼，酰鸡瓮里天机大。"

按：酰鸡，即蠛蠓。参见《汉语大词典》"酰鸡"条。

九、狸奴：猫名。

《乞猫》："秋来鼠辈欺猫死，窥瓮翻盘搅夜眠。闻道狸奴将数子，买鱼穿柳聘衔蝉。"

按：狸奴，始见于宋。参见《汉语大词典》"狸奴"条。

十、衔蝉：猫名。

《乞猫》："买鱼穿柳聘衔蝉。"

按：衔蝉，猫名。明代王志坚《表异录·羽族》："后唐琼花公主，有二猫，一白而口衔花朵，一乌而白尾，主呼为衔蝉奴、崑仑妲己。"[2][页73] 又，蔡肇《从孙元忠乞猫》："腐儒生计惟黄卷，乞取衔蝉与护持。"曾几《乞猫二首》之二："小诗却欠滂翁句，为问衔蝉聘得无。"李璜《以二猫送张子贤》之二："衔蝉毛色白胜酥，搦絮推绵亦不如。"张良臣《山房惠猫》："从来怜汝丈人乌，端正衔蝉雪不如。"赵蕃《谢彭沅陵送猫》："珍重令君怜此意，不劳鱼聘乞衔蝉。"陆游《嘲畜猫》："欲骋衔蝉快，先怜上树轻。"陈郁《得狸奴》："穿鱼新聘一衔蝉，人说狸花最直钱。"吴则礼《又次竹枕韵》："衔蝉惯恼平头奴，遥取鱼肉丰其肤。"章甫《代呼延信夫以笋乞猫于韩子云》："穿鱼聘衔蝉，于君谅无取。"陈著《怜猫示内》："黑花一衔蝉，畜之今几年。"皆其例。参见《汉语大词典》"衔蝉"条。

十一、乌菟：虎名。

《双涧寺二首》之一："二水犇犇鸣屋除，松林落日吼乌菟。老僧更有百岁母，白发身为反哺乌。"史容引《左传》注："楚人谓虎为乌菟"。

按：典出《左传》宣公六年。参见《汉语大词典》"乌菟"条。

十二、细肋卧沙：羊，宋代俗语。

《戏答张秘监馈羊》："细肋柔毛饱卧沙，烦公遣骑送寒家。忍令无罪充庖宰，留与儿童驾小车。"

按：《汉语大词典》失收，详见本书第二章。

第六节　香事类

香事文化是中华文明中独具特色的文化形态，贯穿于礼仪、宗教、医学、艺术与日常生活，其历史发展既受物质文明的推动，又承载着精神追求与哲学思考。《楚辞》当中屈原多次用"兰芷""杜衡"等香草比喻高尚的人格，奠定香文化的道德象征传统。篆书当中的"香"字为"黍"与"甘"二字合成，会意谷物的馨香。张骞出使西域引入沉香、苏合香等异域香料，推动香药成为奢侈品。两汉时期，博山炉流行，薰香开始与神仙思想结合。魏晋南北朝时期，佛教与道教继续推动香事文化的发展，佛经中"香为佛使"观念普及，寺院焚香供佛、坐禅净心，檀香、乳香成为重要供养品，葛洪《抱朴子》载香药炼丹术，陶弘景推崇"香能通神"，香与养生实践开始结合。唐代香成为宫廷奢华的一种象征。到宋代香事文化发展到顶峰，南宋陈敬《陈氏香谱》系统记载制香法，将品香与点茶、插花、挂画并称"四般闲事"。在黄庭坚诗中，香事相关文化词语也是常见的，本节共收录十二条词语，或为香料，或为香炉，罗列如下。

一、香螺、螺甲：香料名。

《有惠江南帐中香者戏答六言二首》之一："百炼香螺沉水，宝薰近出江南。

一穗黄云绕几,深禅想对同参。"任渊注:"香螺谓螺甲。"

按:《有惠江南帐中香者戏答六言二首》之二:"螺甲割崑仑耳,香材屑鹦鹉斑。欲雨鸣鸠日永,下帷睡鸭春闲。"任渊引《唐本草》:"蠡类生云南者,大如掌,青黄色,取厴烧灰用之,今合香多用,谓能发香,复来香烟。按韵书:'蠡亦作螺。'"《汉语大词典》未收"螺甲"词目,虽有"香螺"词目,而无香料之义项,详见本书第二章。

二、沉水:香料名。

《有惠江南帐中香者戏答六言二首》之一:"百炼香螺沉水。"

按:该词典出嵇含《南方草木状·蜜香沉香》:"此八物同出于一树也……木心与节坚黑,沉水者为沉香,与水面平者为鸡骨香。"[9][页29]后因以"沉水"借指沉香。任渊引《唐本草》注:"沉水香出天竺、单于二国,木似榉柳,重实,黑色沉水者是。"参见《汉语大词典》"沉水"条。

三、水沉:香料名。

《贾天锡惠宝薰乞诗予以兵卫森画戟燕寝凝清香十字作诗报之》其三:"石蜜化螺甲,槟榸煮水沉。博山孤烟起,对此作森森。"

按:水沉,也是用沉香制成的香料,例同"沉水"。始见于唐,盛行于宋。参见《汉语大词典》"水沉"条。

四、宝薰:香炉名。

《有惠江南帐中香者戏答六言二首》之一:"宝薰近出江南。"
按:《汉语大词典》失收,详见本书第二章。

五、昆仑耳:大甲香的别名。

《有惠江南帐中香者戏答六言二首》之二:"螺甲割崑仑耳,香材屑鹦鹉斑。欲雨鸣鸠日永,下帷睡鸭春闲。"
按:《汉语大词典》失收,详见本书第二章。

六、鹧鸪斑：香料名。

《有惠江南帐中香者戏答六言二首》之二：“香材屑鹧鸪斑。”任渊引《倦游录》注：“高窦等州产生结香，山民见香木曲干斜枝，以刀斫成坎，经年得雨水渍，复锯取之，刮去白木，其香结为斑点，亦名鹧鸪斑。”

按：鹧鸪斑，香料名，始见于宋。参见《汉语大词典》“鹧鸪斑”条。

七、睡鸭：香炉名。

《有惠江南帐中香者戏答六言二首》之二：“下帷睡鸭春闲。”

按：睡鸭，铜制，状如卧着的鸭，故名。始见于唐。参见《汉语大词典》“睡鸭”条。

八、博山：博山炉简称，名贵的香炉。

《贾天锡惠宝薰乞诗予以兵卫森画戟燕寝凝清香十字作诗报之》之三：“石蜜化螺甲，榠楂煮水沈。博山孤烟起，对此作森森。”

按：博山，博山炉之简称，始见于南朝宋鲍照《拟行路难》诗之二：“洛阳名工铸为金博山，千斫复万镂，上刻秦女携手仙。”后以“博山”代指香炉。又，《呻吟斋睡起五首呈世弼》之一：“耒几坐清昼，博山凝妙香。”又，《对酒歌答谢公静》：“海南水沉紫梅檀，碎身百炼金博山。”《同王稚川晏叔原饭寂照房》：“博山沉水烟，淡与人意长。”魏泰《诗一首》：“博山烧沉水，烟烬气不灭。”王珪《宫词》之六十三：“博山夜宿沉香火，帐外时闻暖凤笙。”饶节《上竺知客肇师示苏仲豫参寥唱和韫秀堂二绝句求和因追次其韵二首》之一：“不待博山荐沉水，道人亲佩法身香。”韩驹《次韵馆中上元游葆真宫观灯》之二：“玉作芙蕖院院明，博山香度小峥嵘。”张纲《烧香三绝句》之二：“霏霏沉水屑玄玉，霭霭博山生翠云。”潘良贵《夏日四绝》之四：“多病无情如嚼蜡，卧看风篆博山香。”参见《汉语大词典》“博山”条。

九、香字：焚香时所起的烟缕。

《清人怨戏效徐庾慢体三首》之二：“翡翠钗梁碧，石榴裙褶红。隙光斜斗帐,香字冷薰笼。闻道西飞燕,将随北固鸿。鸳鸯会独宿,风雨打船蓬。"

　　按:该词始见于宋。参见《汉语大词典》"香字"条。

十、薰笼:薰炉的别称。

　　《清人怨戏效徐庾慢体三首》之二:"隙光斜斗帐,香字冷薰笼。"

　　按:薰笼,有笼覆盖的薰炉。始见于唐,行于宋。参见《汉语大词典》"薰笼"条。

十一、栴檀:檀香,香料名。

　　《对酒歌答谢公静》:"我为北海饮,君作东武吟。看君平生用意处,萧洒定自知人心。南阳城边雪三日,愁阴不能分皂白。摧轮踠蹄泥数尺,城门昼开眠贾客。移人僵尸在旦夕,谁能忍饥待食麦。身忧天下自人,寒士何者愁填臆。民生正自不愿材,可乘以车可鞭策。君不见海南水沉紫栴檀,碎身百炼金博山。岂如不蒙斧斤赏,老大绝崖霜雪间。投身有用祸所集,何况四达之衢井先汲。昨日青童天上回,手捧玉帝除书来。一番通籍清都阙,百身书名赤城台。飞升度世无虚日,怪我短褐趋尘埃。顾谓彼童子,此何预人事。但对清樽即眼开,一杯引人著胜地。传闻官酒亦自清,径须沽取续吾瓶。南山朝来似有意,今夜傥放春月明。"

　　按:梵文"栴檀那"(candana)的省称,即檀香。参见《汉语大词典》"栴檀"条。

十二、篆香:盘香。

　　《三月壬申同尧民希孝观净名寺经藏得弘明集中沈炯同庾肩吾诸人游明庆寺诗次韵奉呈二公》:"秘藏开新译,天花雨旧堂。证经多宝塔,寝疾净名床。鸟语杂歌颂,蛛丝凝篆香。同游得赵李,谈道过何王。"

　　按:篆香,犹盘香。始见于宋代。参见《汉语大词典》"篆香"条。

第七节　文房类

　　文房文化是中华文明的重要组成部分,以"文房四宝"(笔、墨、纸、砚)为核心,融合文人审美、工艺技艺与精神追求,形成了一套独特的文化体系。从出土的墨书甲骨残片来判断,殷商时期就已经出现了原始形态的笔。春秋战国时期,毛笔的使用已经非常广泛了,不过不同的诸侯国对其命名不同,吴国叫"不律",楚国叫"插(竹)",秦始皇统一中国后,则一律称为"毛笔"。先秦时期天然矿物颜料(如石墨)和研磨工具(石砚)开始使用,但尚未形成规范。到了汉代,蔡伦改造了造纸术,推动了纸张的普及,进而促进了书写文化的传播。同时汉代以松烟制墨,使得墨色更加稳定,石砚也逐渐取代陶砚,成为主流。魏晋南北朝时期,王羲之、王献之等书法家的出现,推动了对书写工具品质的追求。另外,文人开始关注书写环境,文房逐渐成为独立空间。唐代文房文化进一步繁荣,名纸名砚不断产生,如安徽宣州成为优质纸张产地,广东端砚、安徽歙砚被列为贡品。宋时,苏易简著《文房四谱》,系统地论述纸墨笔砚的源流、制作,同时苏轼、米芾等文人参与制笔、评砚,推动文房用具的艺术化,文房文化在宋代发展到了高峰。黄庭坚诗中多有文房类文化词语,尤以笔为多,除了笔墨纸砚,还有棋盘棋具等,本节共收录词语二十五条,兹列如下。

一、秋兔毫:毛笔。

《刘晦叔许洮河绿石研》:"久闻岷石鸭头绿,可磨桂溪龙文刀。莫嫌文吏不知武,要试饱霜秋兔毫。"

按:秋兔毫,毛笔名。用秋天兔子的毫毛制成,故称。始见于宋。参见《汉语大词典》"秋兔毫"条。

二、兔颖:兔毛制的笔,亦泛称毛笔。

《戏答赵伯充劝莫学书及为席子泽解嘲》:"平生饮酒不尽味,五鼎馈肉如嚼蜡。我醉欲眠便遣客,三年窥墙亦面壁。空余小来翰墨场,松烟兔颖傍明窗。偶随儿戏洒墨汁,众人许在崔杜行。晚学长沙小三昧,幻出万物真成狂。龙蛇起陆雷破柱,自喜奇观绕绳床。家人骂笑宁有道,污染黄素败粉墙。诚不如南邻席明府,蛛网锁砚蜗书梁。怀中探丸起九死,才术颇似汉太仓。感君诗句唤梦觉,邯郸初未熟黄粱。身如朝露无牢强,玩此白驹过隙光。从此永明书百卷,自公退食一炉香。"

按:《汉语大词典》已收"兔颖",书证滞后,详见本书第二章。

三、鼠尾:毛笔名。

《戏赠米元章二首》之一:"万里风帆水著天,麝煤鼠尾过年年。沧江静夜虹贯月,定是米家书画船。"任渊注:"鼠尾,谓栗鼠尾,可为笔。"

按:笔以用栗鼠毛而名。参见《汉语大词典》"鼠尾"条。

四、栗尾:毛笔名。

《林为之送笔戏赠》:"阎生作三副,规摹宣城葛。外貌虽铣泽,毫心或粗粝。功将希栗尾,拙乃成枣核。李庆缚散卓,含墨能不泄。病在惜白毫,往往半巧拙。小字亦周旋,大字难曲折。时时一毛乱,乃似逆梳发。张鼎徒有表,徐偃元无骨。橅画记姓名,亦可应仓卒。为之街南居,时通铃下谒。晴轩坐风凉,怪我把枯笔。开囊扑蠹鱼,遣奴送一束。洗砚磨松煤,挥洒至日没。畲年学屠龙,适用固疏阔。广文困齑盐,烹茶对秋月。略无人问字,况有客投辖。文章寄呻吟,讲授费颊舌。闲无用心处,雌黄到笔墨。时不与人游,孔子尚爱日。作诗当鸣鼓,聊自攻短阙。"

按:栗尾,毛笔名。以鼬鼠毛制成始见于宋。参见《汉语大词典》"栗尾"条。

五、枣核:枣核笔的省称。

《林为之送笔戏赠》:",拙乃成枣核。"
按:枣核,始见于宋。参见《汉语大词典》"枣核"条。

六、散卓:毛笔名。

《林为之送笔戏赠》:"李庆缚散卓,含墨能不泄。"
按:散卓,毛笔名,这种毛笔笔毫约长寸半,藏一寸于管中,一笔可抵他笔数支,为世所重。始见于宋。参见《汉语大词典》"散卓"条。

七、白毫:毛笔。

《林为之送笔戏赠》:"病在惜白毫,往往半巧拙。"

按:白毫,即以白色毫毛制成的笔,故称,始见于宋。米芾《杂咏》之三:"赠我白毫笔,报以木兰酒。"晁说之《赠笔处士曹忠》:"苇管予何爱,轻圆称白毫。"晁说之《二十二弟自常州寄剪刀及笔来作长句》:"弟书毗陵来,有同股分刃之刀,绿管白毫之笔。"详见《汉语大词典》"白毫"条。

八、鸡距:毛笔名。

《谢送宣城笔》:"宣城变样蹲鸡距,诸葛名家捋鼠须。一束喜从公处得,千金求买市中无。漫投墨客摹科斗,胜与朱门饱蠹鱼。愧我初非草玄手,不将闲写吏文书。"史容注引白乐天《鸡距笔赋》:"足之健者有鸡足,毛之劲者有兔毛。就足之中,奋发者利距;在毛之内,秀出者长毫。合为乎笔,正得其要矣。"

按:鸡距,短锋的毛笔。始见于唐而行于宋。参见《汉语大词典》"鸡距"条。

九、鼠须:鼠须笔的省称。

《谢送宣城笔》:"宣城变样蹲鸡距,诸葛名家捋鼠须。"

按:鼠须,用鼠须制成。始见于王羲之《笔经》:"鼠须用未必能佳,甚难得。"参见《汉语大词典》"鼠须"条。

十、霜毫:毛笔名。

《庭诲惠巨砚》:"郭君大砚如南溟,化我霜毫作鹏翼。安得剡藤三千尺,书九万字无渴墨。"

按:《汉语大词典》书证滞后,详见第二章。

十一、霜兔:兔毫制成的毛笔。

《次韵坦夫见惠长句》:"王事贤劳尚有诗,自卷溪藤染霜兔。"

按：霜兔，例同上文"秋兔毫"，始见于宋。参见《汉语大词典》"霜兔"条。

十二、松烟：墨名。

《戏答赵伯充劝莫学书及为席子泽解嘲》："空余小来翰墨场，松烟兔颖傍明窗。"

按：松烟，本指松木燃烧后所凝之黑灰，是制松烟墨的原料。后用之代指松烟墨。始见于唐而行于宋。参见《汉语大词典》"松烟"条。

十三、松煤：墨名。

《奉和公择舅氏送吕道人研长韵》："奉身玉壶冰，立朝朱丝弦。妙质寄郢匠，素心乃林泉。力耕不罪岁，嘉谷有逢年。校书天禄阁，蓺竹老风烟。携提寒泉泓，松煤厌磨研。藉甚在台省，六经勤传笺。谏草蠹穿穴，江湖渺归船。春官酌典礼，日月丽秋天。少也长母家，学海颇寻沿。诸公许似舅，贱子岂能贤。辕驹蒙推挽，官次奉丹铅。新诗先旧物，包送比青毡。缪传黄梅钵，未印少林禅。汲井涤败墨，苍珪谢磨镌。玉蟾泻明滴，要须笔如椽。眷求尽耆德，舅氏且进迁。山龙用补衮，舟楫功济川。当身任百世，旧学不虚捐。私持杀青简，缉缀报餐钱。屡书愿无愧，傥继麟趾篇。"

按：松煤，指墨，例同上"松烟"。始见于宋。参见《汉语大词典》"松煤"条。

十四、麝煤：麝香墨。

《己未过太湖僧寺得宗汝为书寄山芋白酒长韵寄答》："从学晚闻道，谋官无见功。早衰观水鉴，内热愧邻邦。比邻有宗侯，治剧乃雍容。摩手抚鳏寡，蒿磈碟强梁。桃李与荆棘，称物施露霜。政经甚缜密，私不蚍蜉通。吏舍无请赇，家有侯在堂。府符下盐策，县官劝和羹。作民敏风雨，令先诸邑行。我居万夫上，阘惰世无双。此邑宅岩岩，里中颇秦风。翁媪无恙时，出分如峰房。一钱气不直，白梃及父兄。簪笔怀三尺，揖我谓我臧。向来豪杰吏，治之以牛羊。我不忍敌民，教养如儿甥。荆鸡伏鹄卵，久望羽翼成。讼端凶凶来，谕去稍听从。尚余租庸调，岁岁稽法程。按图索家资，四壁达牖窗。揢目鞭扑之，桁杨相推揎。身欲免官去，驽马恋豆糠。所以积廪盐，未使户得烹。八月酾社"

酒，公私乐年登。遣徒与会稽，而悉走获篁。吾惟不足遣，夙驾略我疆。邑西
鞯戾地，是尝婴吾锋。龈龊其强宗，彼乃可使令。夙夜于远郊，草露沾帷裳。
入磴履虎尾，扪萝触虿芒。借问夕何宿，烟边数峰横。松竹不见天，蟠空作秋
声。谷鸟与溪濑，合弦琵琶筝。税驾乱石间，岩寺鸣疏钟。山农颇来服，见其
父孙翁。苦辞王赋迟，户户无积藏。民病我亦病，呻吟达五更。韵为诵书语，
行歌类楚狂。举鞭问嘉禾，秣马可及城。惜哉忧城旦，不得对榻床。洒笔付飞
鸟，北风吹报章。书回银钩壮，句与麝煤香。浮蛆拨官醅，倾壶嫩鹅黄。山气
常翁匌，此物可屡觞。蕨药割紫藤，开笼喜手封。味温颇宜人，芼以石饴姜。
举杯引药糜，咏诗对寒江。寄声甚劳苦，相思秋月明。我邑万户乡，其民资罳
凶。欲割以寿公，使之承化光。反以来寿我，中有吞舟鲸。铜墨俱王命，职思
慰孤惸。何时赌一掷，烧烛咒明琼。"

按：麝煤，即麝香墨，含有麝香。后泛指名贵的香墨。始见于唐而行于宋。
参见《汉语大词典》"麝煤"条。

十五、廷珪：墨名。

《谢景文惠浩然所作廷珪墨》："廷珪赝墨出苏家，麝煤漆泽纹乌犀。柳枝
瘦龙印香字，一袭一日三摩挲。刘侯爱我如桃李，挥赠要我书万纸。不意神禹
治水圭，忽然入我怀袖里。吾不能手抄五车书，亦不能写论付官奴。便当闭门
学水墨，洒作江南骤雨图。"

按：廷珪墨，南唐墨官李廷珪所制，故名。此墨坚如玉，纹如犀，自宋以来
推为第一，亦省称"廷珪"。参见《汉语大词典》"廷珪墨"条。

十六、松花：墨名。

《以右军书数种赠丘十四》："丘郎气如春景晴，风暄百果草木生。眼如霜
鹘齿玉冰，拥书环坐爱窗明。松花泛砚摹真行，字身藏颖秀劲清，问谁学之果
兰亭。我昔颇复喜墨卿，银勾虿尾烂箱籯，赠君铺案黏曲屏。小字莫作痴冻
蝇，乐毅论胜遗教经。大字无过瘗鹤铭，官奴作草欺伯英。随人作计终后人，
自成一家始逼真。卿家小女名阿潜，眉目似翁有精神。试留此书他日学，往往
不减卫夫人。"

按：例同上"松烟"。《汉语大词典》虽有此词，而失收此义项，详见第二章。

十七、溪藤：剡溪纸。

《和世弼中秋月咏怀》："一年中秋最明月，也照贫家门户来。清光适从人意满，壶觞政为诗社开。秋空高明万物静，此时乃见天地性。广文官舍非吏曹，况得数子发嘉兴。千古风流有诗在，百忧坐忘知酒圣。露华侵衣寒耿耿，绝胜永夏处深甋。人生此欢良独难，夜如何其看斗柄。王甥俊气横九州，樽前为予商声讴。松烟洒落成珠玉，溪藤卷舒烂银钩。北门楼橹地险壮，金堤浊河天上流。离宫殿阁碍飞鸟，霸业池台连秃鹙。当日西园湛清夜，冠盖追随皆贵游。使臣词句高突兀，慷慨悲壮如曹刘。我于人间触事懒，身世江湖一白鸥。空余诗酒兴不浅，尚能呻吟卧糟丘。偶然青衫五斗米，夺去黄柑千户侯。永怀丹枫树微脱，洞庭潇湘晚风休。晴波上下挂明镜，棹歌放船空际浮。不须乞灵向沈谢，清兴自与耳目谋。江山于人端有助，君不见至今宋玉传悲秋。期君异时明月夜，把酒岳阳黄鹤楼。"

按：溪藤，用浙江剡溪所产的藤制成的纸的简称。参见《汉语大词典》"溪藤"条。

十八、剡藤：剡溪纸的省称。

《再次韵奉答子由》："蚕尾银钩写珠玉，剡藤蜀茧照松烟。似逢海若谈秋水，始觉醯鸡守瓮天。何日清扬能觌面，只今黄落又凋年。万钱买酒从公醉，一钵行歌听我颠。"

按：例同上"溪藤"，参见《汉语大词典》"剡藤"条。

十九、侧厘：纸名。

《长句谢陈适用惠送吴男雄所赠纸》："庐陵政事无全牛，恐是汉时陈太丘。书记姓名不肯学，得纸无异夏得裘。琢诗包纸送赠我，自状明月非暗投。诗句纵横剪宫锦，惜无阿买书银钩。蛮溪切藤卷盈百，侧厘羞滑茧羞白。想当鸣杵砧面平，桄榔叶风溪水碧。千里鹅毛意不轻，瘴衣腥腻北归客。君侯谦虚不自供，胡不赠世文章伯。一涔之水容牛蹄，识字有数我自知。小时双钩学楷法，至令儿子憎家鸡。虽然嘉惠敢虚辱，煮泥续尾成大轴。写心与君心莫传，平生落魄不问天。樽前花底幸好戏，为君绝笔谢风烟。已无商颂猗那手，请续南华内外篇。"

按：侧厘，即苔纸。晋王嘉《拾遗记·晋时事》："侧理纸万番，此南越所献。后人言陟理，与侧理相乱。南人以海苔为纸，其理纵横斜侧，因以为名。"[15][页211]厘与理同。见《汉语大词典》"侧理纸"条。

二十、鸭头绿：砚石名。

《刘晦叔洮河绿石研》："久闻岷石鸭头绿，可磨桂溪龙文刀。莫嫌文吏不知武，要试饱霜秋兔毫。"

按：鸭头绿，砚石名。唐临洮郡洮河，旌洮砚，温润而色绿，故称。参见《汉语大词典》"鸭头绿"条。

二十一、绿琴：绿绮琴的省称，泛指琴名。

《次韵刘景文登邺王台见思五首》之五："公诗如美色，未嫁已倾城。嫁作荡子妇，寒机泣到明。绿琴蛛网遍，弦绝不成声。想见鸱夷子，江湖万里情。"任渊注："傅玄《琴赋·序》曰：'蔡邕有绿绮琴，天下名器也。'"

按：参见《汉语大词典》"绿琴"条。

二十二、红牙：乐器名。

《和曹子方杂言》："正月尾，垂云如覆盂，雁作斜行书。三十六陂浸烟水，想对西江彭蠡湖。人言春色浓如酒，不见插秧吴女手。冷卿小坞颇藏春，张侯官居柳对门。当风横笛留三弄，烧烛围棋覆九军。尽是向来行乐事，每见琵琶忆朝云。只今不举蛾眉酒，红牙捍拨网蛛尘。曹侯束书丞太仆，试说相马犹可人。照夜白，真乘黄。万马同秣随低昂，一矢射落皂雕双。张侯犹思在戎行，横山虎北开汉疆。冷卿智多发苍浪，牛刀发硎思一邦。政成十缀舞红妆，两侯不如曹子方。朵颐论诗谓毛张，龟藏六用中有光。何时端能俱过我，扫除北寺读书堂。菊苗煮饼探注汤，更碾盘龙不入香。"

按：红牙，本为檀木别称，檀木色红质坚，故名。后人以此制成拍板，用以调节乐曲的节拍,遂以此为乐器名。参见《汉语大词典》"红牙"条。

二十三、飞雹:棋声。

《孝慈寺饿子敦席上奉同孔经父八韵》:"日永知槐夏,云黄喜麦秋。同朝国士集,赐沐吏功休。只园冠盖地,清与耳目谋。晴云浮茗碗,飞雹落文楸。一客众主人,醉此顾虎头。虎头持龙节,挑河使东流。厥田惟上上,桑麻十数州。计功不汗马,可致万户侯。"

按:《汉语大词典》虽有此词,而失收此义项,详见本书第二章。

二十四、文楸:棋盘。

《孝慈寺饿子敦席上奉同孔经父八韵》:"晴云浮茗碗,飞雹落文楸。"

按:文楸,谓棋盘。古代多用楸木做成棋盘,故名。始见于唐而行于宋。参见《汉语大词典》"文楸"条。

二十五、格五:博戏棋类。

《漫书呈仲谋》:"漫来从宦著青衫,秣马何尝解辔衔。眼见人情如格五,心知外物等朝三。经时道上冲风雨,几日樽前得笑谈。赖有同僚慰羁旅,不然吾已过江南。"

按:格五,古代博戏名,属棋类。《汉书·吾丘寿王传》:"吾丘寿王字子赣,赵人也。年少,以善格五召待诏。"颜师古注:"刘德曰:'格五,棋行。'《簺法》曰:'簺白乘五,至五格不得行,故云格五。'"[4][页2794] 参见《汉语大词典》"格五"条。

第八节　职官类

职官文化的发展和成熟是政治制度成熟与创新的体现。中国职官文化的发展历程贯穿数千年,融合了制度设计、权力分配、社会伦理和儒家思想等多重元素。夏商时期,职官体系已初具雏形,以巫史为核心,兼具神权与政权职能。西周已形成“世卿世禄制”，以宗法制为基础，官职与血缘绑定，如“三公”（太师、太傅、太保）辅佐周王。春秋战国时期，诸侯争霸推动官僚制改革，血缘贵族逐渐被职业官僚取代。秦汉时期，建立中央集权的“三公九卿制”：“三公”（丞相、太尉、御史大夫）分掌行政、军事、监察；“九卿”分管具体事务。同时在地方推行郡县制，地方官由中央任命，形成垂直管理体系。曹魏时期确立九品中正制，门阀士族垄断官职。职官文化中“清浊分流”明显，高门士族占据清要职位，寒门多任实务官职。隋唐时期，形成三省六部制，分工明确，权力制衡。宋代形成二府三司制，中书门下、枢密院、三司分权，削弱相权。而宋代重文轻武的制度催生了大量与职官相关的词语，黄庭坚诗中的文化词语虽然不多，但依然从侧面反映了宋代文官制度的发达。本节共收录词语七条，兹列如下。

一、丝纶：官名，指中书令舍人、翰林学士。

《子瞻去岁春侍立迩英子由秋冬相继入侍作诗各述所怀予亦次韵四首》之三：“对掌丝纶罢记言，职亲黄屋傍尧轩。雁行飞上犹回首，不受青云富贵吞。”

按：“丝纶”出自《礼记·缁衣》：“王言如丝，其出如纶。”孔颖达疏曰：“王言初出，微细如丝，及其出行于外，言更渐大，如似纶也。”后因此称帝王诏书为“丝纶”。此处指中书令舍人、翰林学士。

二、螭头：官名，指史官起居郎及起居舍人。

《再次韵四首》之二：“风棂倒影日光寒，尧日当中露正干。殿上给扶鸣汉履，螭头簪笔见秦冠。”

按：螭头，本指古代彝器、碑额、庭柱、殿阶及印章等上面的螭龙头像。亦借指殿前雕有螭头形的石阶等。唐李肇《国史补》卷下：“两省谑起居郎为螭头，以其立近石螭也。”[19][页49]参见《汉语大词典》“螭头”条。

三、簪笔：仕宦的代称。

《再次韵四首》之二：“螭头簪笔见秦冠。”

按：《汉语大词典》书证滞后，详见本书第二章。

四、县官：古时天子之别称。

《寄上叔父夷仲三首》之二："艰难闻道有归音，部曲霜行璧月沉。王春正月调玉烛，使星万里朝天心。颇令山海藏国用，乃见县官恤民深。经心陇蜀封疆守，必有人材备访寻。"史容注："县官谓天子。"

按：始见于西汉。《史记·绛侯周勃世家》："'庸知其盗买县官器，怒而上变告子，事连污条侯。'司马贞《索隐》：'县官，谓天子也。所以谓国家为县官者，《夏官》王畿内县即国都也。王者官天下，故曰县官也。'"[15][页2510]参见《汉语大词典》"县官"条。

五、林牙：契丹官名，翰林学士。

《和谢公定河朔漫成八首》之六："虏庭数遣林牙使，羌种来窥雁塞耕。壮士看天思上策，月边鸣笛为谁横。"史容注："林牙，契丹翰林学士也。"

按：参见《汉语大词典》"林牙"条。

六、冷卿：宋时对宗正的戏称。

《和曹子方杂言》："冷卿智多发苍浪，牛刀发硎思一邦。"

按：史容引《语录》："京师谓宗正'冷卿'，谓其'管玉牒'。"参见《汉语大词典》"冷卿"条。

七、三衙：殿前都指挥使、侍卫马军都指挥使、侍卫步军都指挥使的简称。

《次韵奉答吉邻机宜》："黠虏乘秋屡合围，上书公独请偏师。庭中子弟芝兰秀，塞上威名草木知。千里折冲深寄此，三衙虚席看除谁。与公相见清班在，仁祖重来筑旧基。"史容注："三衙，谓殿前都指挥使、侍卫马军都指挥使、侍卫步军都指挥使。"

按：始见于宋代。参见《汉语大词典》"三衙"条。

八、伊尼：鹿名。

《德孺五丈和之字诗韵难而愈工辄复和成可发一笑》："且然聊尔耳，得也自知之。独笑真成梦，狂歌或似诗。照滩禽郭索，烧野得伊尼。早晚来同醉，僧窗卧虎皮。"山谷自注："鹿名，出佛书。"

按：盖梵文音译。此用法首见宋。参见《汉语大词典》"伊尼"条。

第九节　器用类

器用是古人生活不可或缺的组成部分，中国的器用文化贯穿中华文明数千年，悠久且丰富，既是物质生产的体现，也是精神文化的载体。宋代是古代中国物质文明最为繁盛的朝代之一，黄庭坚诗里面亦有许多器用类文化词语。本节共搜集十三个器用类文化词语，兹列如下。

一、便面：扇名。

《次韵韩川奉祠西太一宫四首》之四："泰坛下瑞云黄，雨师洒道尘香。便面犹承坠露，金钲半吐东墙。"任渊注："便面，谓扇。"

按：典出《汉书·张敞传》："然敞无威仪，时罢朝会，过走马章台街，使御吏驱，自以便面拊马。"颜师古注："便面，所以障面，盖扇之类也。不欲见人，以此自障面则得其便，故曰便面，亦曰屏面。今之沙门所持竹扇，上袤平而下圜，即古之便面也。"[3][页1395]后又称团扇、折扇，实即一物。参见《汉语大词典》"便面"条。

二、鹅溪：鹅溪绢。

《题郑防画夹五首》之二："能作山川远势，白头惟有郭熙。欲写李成骤雨，惜无六幅鹅溪。"任渊注："鹅溪，书绢所出。"

按：鹅溪，本为地名，在四川省盐亭县西北，以产绢著名。然此诗中乃以地名代指鹅溪绢。故可称其为鹅溪绢之省称。此用法始见于宋。参见《汉语大词典》"鹅溪"条。

三、青奴：夏日取凉寝具。

《赵子充示竹夫人诗盖凉寝竹器憩臂休膝似非夫人之职予为名曰青奴并以小诗取之二首》之一："青奴元不解梳妆,合在禅斋梦蝶休。公自有人同枕簟,肌肤冰雪助清凉。"

按：用竹青篾编成,或用整段竹子做成。此名为山谷自创。又名竹夫人、竹奴。如,苏轼《送竹几与谢秀才》："留我同行木上座,赠君无语竹夫人。"参见《汉语大词典》"青奴"条。

四、脚婆：暖具名。

《戏咏暖足瓶两首》之一："小姬暖足卧,或能起心兵。千金买脚婆,夜夜睡天明。"

按：盛热水后放在被褥中取暖的器具,或名"汤婆子"。始见于宋。参见《汉语大词典》"脚婆"条。

五、紫陁尼：用骆驼毛织成的呢料。

《陈荣绪惠示之字韵诗推奖过实非所当辄次高韵三首》之三："十家有忠信,江夏可无之。政苦寄卖友,忽闻衡说诗。饥蒙青粝饭,寒赠紫陁尼。酬报矜难巧,深惭陆与皮。"山谷自注："番褐。"

按：用法始见于宋。参见《汉语大词典》"紫陁尼"条。

六、鹅管玉：鹅管石名。

《乞钟乳于曾公衮》："寄语曾公子,金丹几时熟。愿持钟乳粉,实此罄悬腹。遥怜蟹眼汤,已化鹅管玉。刀圭勿妄传,此物非碌碌。"任渊注引陶隐居《本草·钟乳》云："性通中,轻薄如鹅翎管。"

按：此词始出庭坚诗,见《汉语大词典》"鹅管玉"条。

七、画轮:装饰华丽的车舆。

《丙寅十四首效韦苏州》之二:"不知鞍马倦,想见洲渚春。清昼锁芳园,谁家停画轮。高柳极有思,向风招游人。"史容注引《晋·舆服志》:"画输车驾牛,以彩漆画输毂,故名曰'画输车'。"

按:画轮,本指彩饰的车轮,又指装饰华丽的车舆。参见《汉语大词典》"画轮"条。

八、黄间:弩名。

《再次韵呈廖明略》:"吾观三江五湖口,汤汤谁能议升斗。物诚有之士则然,晚得廖子喜往还。学如云梦吞八九,文如壮士开黄间。十年呻吟江湖上,青枫白鸥付心赏。未减北郭汉先生,五府交书不到城。相者举肥骥空老,山中无人桂自荣。君既不能如锺世美,甄函上书动天子。且向华阴郡下作参军,要令公怒令公喜。君不见晁家乐府可管弦,惜无倾城为一弹。从军补掾百僚底,九关虎豹何由攀。男儿身健事未定,且莫著书藏名山。"

按:黄间,又名黄肩。始见于汉。参见《汉语大词典》"黄间"条。

九、驼褐:用驼毛织成的衣服。

《次韵孔四著作北行滹沱》:"驼褐蒙风霜,鸡声眇墟里。青灯进豆粥,落月踏冰水。平生不龟药,才可卫十指。持比千户封,谁能优劣此。"

按:驼毛呈褐色,故以"驼褐"指称用驼毛织成的衣服。始见于宋。参见《汉语大词典》"驼褐"条。

十、条脱:臂饰名。

《和陈君仪读太真外传五首》之四:"高丽条脱雕红玉,逻逤琵琶捻绿丝。蛛网屋煤昏故物,此生惟有梦来时。"史容注:"条脱,钏也,高丽所贵。"

按:典出南朝梁陶弘景《绿萼华诗》:"赠诗一篇并致火浣布手巾一枚、金玉条脱各一枚。条脱似指环而大,异常精好。"[22][页3] 参见《汉语大词典》"条脱"条。

十一、仆姑：箭名。

《会稽竹箭为蕲春傅尉作》："会稽竹箭天下闻，青岭霜筈摇紫云。金作仆姑如鸟翼，壮士持用横三军。迩来场师无远虑，剪伐柔萌荐菹茹。人间御武急难才，不得生民饱霜露。嘉瓜美果无他长，取升俎豆献壶觞。奈何生与此等伍，大器小用良可伤。吾闻先王用人力，不足有余无损益。硕人俣俣舞公庭，长咏国风三叹息。"

按：仆姑，箭名，又称"金仆姑"，泛指箭。参见《汉语大词典》"仆姑"条。

十二、筠笼：类竹篮，器名。

《欧阳从道许寄金橘以诗督之》："禅客入秋无气息，想依红袖醉琶瑟。霜枝摇落黄金弹，许送筠笼殊未来。"

按：筠笼，始见于唐而行于宋。杜甫《野人送朱樱》："西蜀樱桃也自红，野人相赠满筠笼。"参见《汉语大词典》"筠笼"条。

十三、虾须：帘子名。

《景珍太博见示旧倡和蒲萄诗因而次韵》："映日圆光万颗余，如观宝藏隔虾须。夜愁风起飘星去，晓喜天晴缀露珠。宫女拣枝模锦绣，论师持味比醍醐。欲收百斛供春酿，放出声名压酪奴。"

按：虾须，盖因形似而得名。始见于唐。陆畅《帘》："劳将素手卷虾须，琼室流光更缀珠。"参见《汉语大词典》"虾须"条。

第十节 其他类

黄庭坚诗中的文化词语除了上述九类之外，尚有马、竹、佛教事物、人物类的文化词语，因为数量较少，不能自成一类，故而全部放到此节当中。本节共收录文化词语十二条，兹列如下。

一、好头赤：御马名。

《和子瞻戏书伯时画好头赤》："李侯画骨不画肉，笔下马生如破竹。秦驹虽入天仗图，犹恐真龙在空谷。精神权奇汗沟赤，有头赤乌能逐日。安得身为汉都护，三十六城看历历。"

按：《汉语大词典》失收，详见第二章。

二、玉花：玉花骢。

《题伯时天育骠骑图二首》之一："玉花照夜今无种，枥上追风亦不传。想见真龙如此笔，蒺藜沙晚草迷川。"

按：玉花，玉花骢之省称，乃唐玄宗所乘骏马名。胡仔《苕溪渔隐丛话后集·东坡一》："《异人录》言：'玉花骢者，以其面白，故又谓之玉面花骢。'"[20][页194]参见《汉语大词典》"玉花"条。

三、追风：骏马名。

《题伯时天育骠骑图二首》之一："枥上追风亦不传。"

按：追风，骏马名。语出北魏杨衒之《洛阳伽蓝记·法云寺》："琛在秦州，多无政绩，遣使向西域求名马，远至波斯国，得千里马，号曰'追风赤骥'。"[7][页149]参见《汉语大词典》"追风"条。

四、紫骝：骏马名。

《叔诲宿邀湖上之游以故不果往》："芰荷采尽荇田田，湖光价当酒十千。主人邀客殊未来，西风枕簟废书眠。睡罢书窗翻墨汁，龙蛇起陆云雨湿。晚筵红袖劝倾杯，公荣坐远酌不及。章台柳色未知秋，折与行人鞭紫骝。金城手种亦如此，今日摇落令人愁。双飞鸳鸯一朝只，春鉏欲匹畏白鸥。风标公子诚自多，波净月明如鸥何。"

按：始见于《南史·羊侃传》："帝因赐侃河南国紫骝，令试之。侃执槊上马，左右击刺，特尽其妙。"[10][页1544]参见《汉语大词典》"紫骝"条。

五、玉琯：竹名。

《招隐寄李元中》："吾闻李元中，学为古人青出蓝。眉目之闲如太华，一段翠气连终南。我欲从之路阻长，朱颜日夜惊波往。苍梧玉琯生蛛网，老翁忘味倾心赏。眼前记一不识十，谷中白驹閴音响。灊山南闲卧青牛，万壑松声不得游。愿君为阿阁之紫凤，莫作江湖之白鸥。"

按：玉琯，或作"玉管"，始见于唐。参见《汉语大词典》"玉管"条。

六、稻田衲：僧人名。

《次韵答叔原会寂照房呈稚川》："客愁非一种，历乱如蜜房。食甘念慈母，衣绽怀孟光。我家犹北门，王子渺湖湘。寄书无雁来，衰草漫寒塘。故人哀王孙，交味耐久长。置酒相暖热，惬于冬饮汤。吾侪痴绝处，不减顾长康。得闲枯木坐，冷日下牛羊。坐有稻田衲，颇薰知见香。胜谈初亹亹，修绠汲银床。声名九鼎重，冠盖万夫望。老禅不挂眼，看蜗书屋梁。韵与境俱胜，意将言两忘。出门事衮衮，斗柄莫昂昂。月色丽双阙，雪云浮建章。苦寒无处避，惟欲酒中藏。"史容注引《山北录》："稻畦为衣，陶土为器。稻畦，袈裟也；陶土，瓦钵也。僧道举《妙高堂诗》：'何时卷此稻畦衲，慰我弥年归意勤。'"。

按：袈裟衣似稻田，故以借指僧人。参见《汉语大词典》"稻田衲"条。

七、宝坊：寺院名。

《同王稚川晏叔原饭寂照房》："高人住宝坊，重客款斋房。市声犹在耳，虚静生白光。幽子遗淡墨，窗间见潇湘。蒹葭落凫雁，秋色媚横塘。博山沈水烟，淡与人意长。自携鹰爪芽，来试鱼眼汤。寒浴得温湢，体净意凯康。盘餐取近市，厌饫谢膻羊。裂饼羞豚脍，包鱼芰荷香。平生所怀人，忽言共榻床。常恐风雨散，千里郁相望。斯游岂易得，渊对妙濠梁。雅雅王稚川，易亲复难忘。晏子与人交，风义盛激昂。两公盛才力，宫锦丽文章。鄙夫得秀句，成诵更怀藏。"

按：宝坊，寺院名。唐诗已见此用法。如，马怀素《奉和九月九日登慈恩寺浮图应制》："季月启重阳，金舆陟宝坊。"参见《汉语大词典》"宝坊"条。

八、伽梨:袈裟。

《元丰癸亥经行石潭寺见旧和栖蟾诗甚可笑因削树灭藁别和一章》:"千里追奔两蜗角,百年得意大槐宫。空余祇夜数行墨,不见伽梨一臂风。俗眼只如当日白,我颜非复向来红。浮生不作游丝上,即在尘沙逐转蓬。"史容注:"译梵僧伽梨三衣也。"

按:伽梨,即袈裟。始见于宋。参见《汉语大词典》"伽梨"条。

九、牧猪奴:赌徒。

《寄南阳谢外舅》:"谢公遂偃蹇,南阳无旧庐。天与解缨绂,元非傲当涂。庖丁释牛刀,众手斫大瓠。白云曲肱卧,青山满床书。妙质落川泽,果然天网疏。故知今人巧,未觉古人迂。筑场岁功休,夜泉鸣竹渠。胸怀郁垒块,此物谅时须。儿能了翁事,安用府中趋。孙能诵翁诗,乃是千里驹。人生行乐耳,用舍要自如。我方神其拙,社栎官道樗。公犹忧斧斤,睥睨斫樽壶。万古身后前,芭蕉秋雨余。少年喜狡狯,叱化粒成珠。谟功可歌舞,学古则暖姝。所好果不同,未可一理驱。眇思忘言对,安得南飞凫。鄙心生蔓草,萌芽望耘鉏。离筵如昨日,春柳见霜枯。未辱锦绣段,时蒙双鲤鱼。忆昔参几杖,雍容觑规模,引接开藻鉴,高明通事枢。门生五七辈,寂寞半白须。谈经落麈尾,行乐从篮舆。看竹辟疆宅,阅士黄公垆。雪屋煮茶药,晴檐张画图。幽寺促灯火,青毡置搒蒲。绕床叫一掷,十白九雉卢。蔡泽来分功,袁耽必上都。开旗纵七走,破竹珍群胡。成枭烛为明,挟长朋佐呼。终饮见温克,所争匪锱铢。谁令运甓翁,见谓牧猪奴。事托丈人重,乃爱屋上乌。旧言如对面,形迹滞舟车。风帘想隐几,天籁鸣寒梧。尚喜读书否,还能把酒无。邺城渺尘沙,冠盖若秋蔬。相过问寒温,意气驰九衢。楚客虽工瑟,齐人本好竽。永怀溟海量,北斗不可斟。胜夜亲笔墨,因来明月珠。"

按:牧猪奴,赌徒。始见于宋。参见《汉语大词典》"牧猪奴"条。

十、幽子:隐士。

《同王稚川晏叔原饭寂照房》:"幽子遗淡墨。"

按:幽子谓隐士,始见于唐而行于宋。韩愈《别赵子》:"海中诸山中,幽子颇不无。"参见《汉语大词典》"幽子"条。

十一、那伽:龙名。

《赠王环中》:"丹霞不蹋长安道,生涯萧条破席帽。囊中收得劫初铃,夜静月明狮子吼。那伽定后一炉香,牛没马回观六道。耆域归来日未西,一锄识尽婆娑草。"史容注:"译梵音那伽,此云龙也。"

按:那伽,梵语。参见《汉语大词典》"那伽"条。

十二、柴关:寒舍名。

《问渔父》:"白发丈人持竹竿,系船留我坐柴关。偶然领会一谈胜,落日使人思故山。"

按:柴关,始见于唐。张籍《送韩侍御归山》:"明日珂声出城去,家僮不复扫柴关。"参见《汉语大词典》"柴关"条。

第二章　黄庭坚诗文化词语考释

一、白蚁：酒面漂浮的白色泡沫，借指酒。

《送吴彦归番阳》："黄花满篱落，白蚁闹瓮盎。"

按："白蚁"一词，《汉语大词典》已收，然所引例句为元代房皞的《和杨叔能之字韵》："白蚁千家酒，黄花九日诗。"白蚁此种用法，始见于宋，山谷诗即有六例，他五例：《次韵师厚食蟹》："海馔糖蟹肥，江醪白蚁醇。"《放言十首》之九："新醅浮白蚁，可见解朝酲。"《戏答诸君追和予去年醉碧桃》："白蚁拨醅官酒满，紫锦揉色染金沙。"《送杜子卿归西淮》："行望酒帘沾白蚁，醉吟诗句入丹枫。"《薛乐道自南阳来人都留宿会饮作诗饯行》："黄花尚满篱，白蚁方浮瓮。"又，欧阳修《和晏尚书对雪招饮》有："自把金船浮白蚁，应须红粉唱梅花。"彭汝砺《和君时语农者》之一有："酒篘白蚁须盈面，花插黄金听满头。"黄裳《对菊闲饮》有："白蚁醲醅凉后熟，黄金蓓蕾夜来开。"侯穆《寒食饮梨花下得愁字》有："清香来玉树，白蚁泛金瓯。"释德洪《王舍人路分生辰》有："绿醑浮白蚁，绮席绕花轮。"苏辙《明日复赋》有："香醪溜白蚁，鲙缕填花尊。"郭祥正《舒州使宅天柱阁呈朱光禄》有："霜柑正熟蟹螯美，白蚁旋漉浮金船。"此词在宋代业已流行，《汉语大词典》引元代为证，明显滞后。

二、云液：泉水。

《寄新茶与南禅师》："筠焙熟香茶，能医病眼花。因甘野夫食，聊寄法王家。石钵收云液，铜瓶煮露华。一瓯资舌本，吾欲问三车。"

按：云液，是泉水。《汉语大词典》引明代高启《赋得惠山泉送客游越》："云液流甘漱石牙，润通锡麓树增华"为例。云液之为泉水，在宋代已见，书证至富。樊汝贤《滴浮泉》："云液落山腹，脉与崑仑通"。文彦博《蒙顶茶》："旧谱最称蒙顶味，露牙云液胜醍醐"。宋徽宗《宫词》之七四："兔毫连盏烹云液，能解红颜入醉乡"。李纲《铅山约高无咎同游石井》："岩洞嵌空凿翠崖，一泓云液贮琼瑰"。杨亿《北苑焙·陆羽井》："真茶汎云液，一歠可延年"。强至《惠山泉》："出瓶云液碎，落鼎月波圆"。苏辙《次韵王钦臣秘监集英殿井》："碧甃涵云液，铜瓶响玉除"。朱弁《秋泉次韵》："翡翠杯深云液凝，鸬鹚杓满月波翻"。欧阳澈《白鹅桥复用前韵》："鼎烹云液浇肠爽，瓮拨春醅破鼻香"。陆游《庵中晨起书触目四首》之一："朱担长瓶列云液，绛囊细字拆龙团"。钱惟演《致斋太一宫》："春茶泛云液，晓饭荐兰蒸"。《汉语大词典》引明代为证，则滞后。

三、提壶：鹈鹕鸟。

《演雅》："提壶犹能劝沽酒，黄口只知贪饭颗。"

按：提壶，即鹈鹕鸟名，因其鸣声如此，故称。始见于唐而行于宋。《汉语大词典》有"提壶"此义项，其首例引刘禹锡《和苏郎中寻丰安里旧居寄主客张郎中》："池看科斗成文字，鸟听提壶忆献酬"为证，值得商榷。从刘诗看，提壶是提壶鸟的鸣叫声，非谓鸟。白居易《寓意诗五首》之三："促织不成章，提壶但闻声。"李频《送陆肱归吴兴》："劝酒提壶鸟，乘舟震泽人。"则为鹈鹕鸟名。又，《次韵坦夫见惠长句》："树头树底劝提壶，南冈北冈教脱裤。"此处"提壶"，谓鹈鹕鸟之鸣声。首见于唐而行于宋。刘禹锡《和苏郎中寻丰安里旧居寄主客张郎中》："池看科斗成文字，鸟听提壶忆献酬。"陆龟蒙《和袭美虎丘寺西小溪闲泛三绝》之一："树号相思枝拂地，鸟语提壶声满溪。"崔国辅《相和歌辞·对酒》："朦胧荆棘一鸟飞，屡唱提壶酤酒喫。"白居易《早春闻提壶鸟因题邻家》："厌听秋猿催下泪，喜闻春鸟劝提壶。"韩偓《村居》："日照神堂闻啄木，风含社树叫提壶。"韦庄《袁州作》："正是江村春酒熟，更闻春鸟劝提壶。"稽查《全宋诗》，有如下引证：《孙不愚引开元故事请为移春槛因而赠答》："鸟语提壶元自好，酒狂惊俗未应嗔。"邵雍《春暮吟》之三："亦或叫提壶，亦或叫归去。"梅尧臣《禽言四首·提壶》："提壶芦，沽美酒。风为宾，树为友。"王禹偁《初入山闻提壶鸟》："迁客由来长合醉，不烦幽鸟道提壶。"崔国辅《相和歌辞·对酒》："深院酒醒春日晚，只闻芳树语提壶。"寇准《酒醒》："深院酒醒春日晚，只闻芳树语提壶。"张扩《山居四首》之一："独坐不愁无酒饮，林间山鸟自提壶。"刘宰《开禧纪事二首》之一:"晓窗未曙闻啼呼,更劝沽酒提壶芦。"苏泂《金陵杂兴二百首》之一○五:"窗间日日叫提壶,有酒分明不用沽。"张绍文《绝句二首》之一:"山鸟不知如许事,隔窗犹自劝提壶。"由此观之,《汉语大词典》虽见"提壶"条,而无"鸟鸣声"之义项,宜补。

四、兔颖:笔名,或泛指毛笔。

《戏答赵伯充劝莫学书及为席子泽解嘲》:"空余小来翰墨场,松烟兔颖傍明窗。"

按:兔颖,兔毛制的笔,宋代或泛指毛笔。《汉语大词典》有此词,且引例明清小说《警世通言·李谪仙醉草吓蛮书》:"李白左手将须一拂,右手举起中山兔颖,向五花牋上,手不停挥,须臾,草就吓蛮书。"清代蒋士铨《桂林霜·移帐》:"蝇头细细释文,兔颖轻轻点黛。"宋代已有此义。曾几《谢寄端砚四首》之二:"兔颖麝煤俱惬当,使君裁鉴果超凡。"杨公远《诗笔》:"银管空虚藏兔颖,冰怀磊魄吐天葩。"杨万里《谢傅宣州安道郎中送宣城笔》:"解包兔颖霜盈把,试墨山泉月一泓。"曾丰《梅雨示何柯》:"管虫淫兔颖,箱漆浥龙团。"刘克庄《尉姪寄百雀图》:"谁将一兔颖,写作百鹡鸰。"白玉蟾《乞纸寄诸葛桂隐》:"一日秃除千兔颖,霎时磨尽万松烟。"方回《冰崖杨明府德藻携红酒殽果来饮归舟独坐熊皮索笔作字且出示箧中书为赋吴体》:"熊皮端坐雪衣洁,兔颖疾挥葱指长。"张守《送提刑刘峤解印还朝二首》之一:"赠君吉水麝煤之玄玉,毗陵兔颖之毛锥。"陆游《辛酉除夕》:"松煤染兔颖,秉烛题桃符。"程俱《龙尾砚同毛彦时随联句》:"正当秋兔颖,发此霜松烟。"杨万里《多稼亭前两株梅盛开》:"又不见画工兔颖矜好手,冰水和铅描玉肌。"又,《赠倪正甫令子阿麟》:"松烟兔颖小三昧,蚕尾银钩略无对。"陈棣《读豫章集成柏梁体》:"兔颖烟煤骤如雨,混然天成绝斤斧。"方岳《式贤和杜夔府百韵过余秋崖下大篇春容笔力遒劲于其归也聊复效颦》:"不尔鸾胶续,空令兔颖骈。"以上"兔颖",皆泛称毛笔。《汉语大词典》书证,应以提前。

五、霜毫:毛笔。

《庭诲惠巨砚》:"郭君大砚如南溟,化我霜毫作鹏翼。安得剡藤三千尺,书九万字无渴墨。"

按：霜毫，毛笔名。《汉语大词典》有此词，引元代为证：王实甫《丽春堂》第二折："大人呵尚兀自高擎着玉液来酬我，你待浓蘸着霜毫敢抹谁？"其实，唐代已有其例。周朴《谢友人惠笺纸并笔》："范阳从事独相怜，见惠霜毫与彩笺。"而宋代以来，书证至丰。米芾《笔》："寸心用尽终何补，赢得霜毫秃后归。"宋徽宗《宫词》之八："退朝彝鼎然沈水，因染霜毫更学书。"朱松《试笔》："老来诗思如焦谷，自愧霜毫来故乡。"杨炎正《送纸笔与何庆远》："阿连诗语已通神，玉板霜毫不厌珍。"许棐《赠芸窗》："只是霜毫冰茧纸，才经拈起便新奇。"宋祁《有感》："霜毫墨犹湮，迢递窜遐方。"释德洪《邓秀才就武举作诗美之》："富贵岂终凭铁砚，功名先看掷霜毫。"曾几《笔》："护持空雪竹，束缚欠霜毫。"曹勋《方检详出歙研求诗》："霜毫瀹紫玉，松烟生华滋。"项安世《和韵送方翔仲赴省》之二："清泉白卤贮铜瓶，磨松展楮霜毫明。"强至《题蕴忠上人歙砚》："拂开轻雾磨烟煤，挥洒霜毫冰纸滑。"李廌《送修书记游天台》："清芬落净几，宴坐挥霜毫。"方岳《三次韵答惠兰亭纸翠毫笔》："霜毫世辈何多耶，向者心期一夔足。"方岳《月下大醉星姪作墨索书迅笔题为醉矣行》："酒酣月落喝便住，螭虬蟠攫霜毫挥。"邹浩《梦臣惠潘谷墨》之一："我有常州饱霜毫，千钱一管价不高。"则《汉语大词典》引例宜提前。

六、簪笔：近臣名。

《再次韵四首》之二："风棂倒影日光寒，尧日当中露正干。殿上给扶鸣汉履，螭头簪笔见秦冠。"

按：簪笔，本谓插笔于冠或笏，以备书写。古代帝王近臣、书吏及士大夫均有此装束。后以此代称近臣。唐代李绅《忆春日太液池亭候对》："簪笔此时方侍从，却思金马笑邹枚。"宋代杨亿《李御史》："清晓乘骢出九逵，内朝簪笔坐前墀。"胡宿《送御史蒋公赴漕江东》："簪笔天阶柱下官，孤风凛凛振台端。"石介《送张殿院还台》："侧阶簪笔书王法，当路埋轮有祖风。"周必大《徐稚山龙学挽词二首》之二："昔者陪簪笔，比邻记凿垣。"《汉语大词典》有此义项，然引清陆以湉《冷庐杂识·改官诗》："簪笔雍容志已虚，不如归去旧蓬庐"，则滞后，应提前。

七、舜泉:酒名。

《世弼惠诗求舜泉辄欲以长安酥共泛一杯次韵戏答》:"寒齑薄饭留佳客,蠹简残编作近邻。避地梁鸿真好学,著书扬子未全贫。玉酥炼得三危露,石火烧成一片春。沙鼎探汤供卯饮,不忧问字绝无人。"史容注:"舜泉,河北酒名"。

按:本集《醇道得蛤蜊复索舜泉舜泉已酌尽官醞不堪不敢送》:"青州从事难再得,墙底数樽犹未眠。商略督邮风味恶,不堪持到蛤蜊前。"又,员兴宗《咏蛤蜊》:"君起西南思,为予叠前篇。我兴乐东南,珍烹口同然。佳哉有蛤氏,商略依舜泉。"自注:"舜泉事,见山谷诗。"据此,其语始造自山谷。

八、社瓮:酒名。

《次韵子瞻以红带寄王宣义》:"参军但有四立壁,初无临江千木奴。白头不是折腰具,桐帽棕鞋称老夫。沧江鸥鹭野心性,阴壑虎豹雄牙须。鹔鹴作裘初服在,猩血染带邻翁无。昨来杜鹃劝归去,更待把酒听提壶。当今人材不乏使,天上二老须人扶。儿无饱饭尚勤书,妇无复裈且著襦。社瓮可漉溪可渔,更问黄鸡肥与癯。林间醉著人伐木,犹梦官下闻追呼。万钉围腰莫爱渠,富贵安能润黄垆。"

按:社瓮,始见于晚唐杜牧《群芳独酌》:"叔舅欲饮我,社瓮尔来尝。"宋代沿用。张孝祥《次东坡先生韵》之七:"栈羊割肥红,社瓮拨浓绿。"苏庠《后清江曲》之一:"呼儿极浦下笭箵,社瓮欲熟浮蛆香。"王洋《以面换祖孝酒》:"雪压寒根麦未黄,春催社瓮曲初香。"秦观《醉乡春》:"社瓮酿成微笑,半缺瘿瓢共舀。"《喜杨致平登第》:"隔江阻预金钱会,梦到君家社瓮边。"韩元吉《次韵赵文鼎同游鹅石五首》之四:"细倾社瓮鹅儿酒,共听山村杨白花。"陆游《稽山农》:"园畦剪韭胜肉美,社瓮拨醅如粥醲。"《秋夜独醉戏题》:"社瓮嫩醅初泛蚁,寒缸残烬自成花。"《雨中作》:"社瓮醅香燕子归,阴风吹雨暗郊扉。"《散步至三家村》:"罾船归处鱼餐美,社瓮香时黍酒浑。"《春社日效宛陵先生体四首·社酒》:"社瓮虽草草,酒味亦醇酽。"《久无客至戏作》:"浊酒香浮新社瓮,晚瓜味敌故侯园。"《秋兴二首》之二:"晨梳脱发虽无数,社瓮新醅已有期。"《寓叹四首》之一:"熟计惟当醉,宁论社瓮浑。"《秋晚》:"拨香开社瓮,带睡听晨钟。"司马光《和公廙喜雪》:"城中稍觉桑薪贵,村外时闻社瓮香。"苏轼《次韵王廷老和张十七九日见寄二首》之二:"酿酒闭门开社瓮,杀牛留客解耕縻。"《新酿桂酒》:"收拾小山藏社瓮,招呼明月到芳樽。"苏辙《次韵侯宣州利建招致政汪大夫》:"社瓮壶浆接四邻,肩舆拄杖试红尘。"《九日三首》之一:"丰年余社瓮,天意念衰羸。"苏庠《后清江曲》:"呼儿极浦下笭箵,社瓮欲熟浮蛆香。"李纲《次韵曾徽言桂浆》:"何须社瓮曲蘖法,自带广寒风露香。"曹勋《山居杂诗九十首》之二一:"东家喜见招,社瓮开新尝。"吴儆《和吕守环秀堂三首》之三:"鸡豚社瓮年年酒,柿栗园林树树霜。"皆其例。

九、荔支绿:酒名。

《廖致平送绿荔支为戎州第一王公权荔支绿酒亦为戎州第一》:"王公权家荔支绿,廖致平家绿荔支。试倾一杯重碧色,快剥千颗轻红肌。拨醅蒲萄未足数,堆盘马乳不同时。谁能同此胜绝味,唯有老杜东楼诗。"

按:戎州,今四川宜宾市。廖致平,官至朝议大夫,和黄庭坚相契友好。他家后院栽种了二株品种珍稀的荔枝,绿色的果实,味道独特,山谷称之"绿荔枝"。王公权家里酿的酒在达官贵人圈子也很有名气,山谷称之为"荔枝绿"。于是遂作成此诗。在这首诗中,诗歌标题即用了"荔支绿酒"。同时,此诗第三句谓倒酒畅饮,第二句写荔枝。盖可断"荔支绿"当为酒名。此外,山谷又有一诗一词描写"荔支绿":《荔支绿颂(为王公权作)》:"王墙东之美酒,得妙用于六物。三危露以为味,荔支绿以为色。"《醉落魄》:"日高春睡平生足,谁门可款新笋熟。安乐春泉,玉醴荔枝绿。"谢逸《冬至日陈俦席上分赋一阳来复探得复字》:"东斋况虚明,樽有荔枝绿。"周紫芝《次韵季共再赋》:"歌君窈窕词,侑我荔枝绿。"元好问《饮酒》:"椰瓢朝倾荔支绿,螺杯暮卷珍珠红。"清刘榛《忆秦娥》之二:"荔枝绿,公能饮也公之福。公之福。岂如公者,弗能拘束。"《汉语大词典》失收此词,应补。

十、瓮面:初熟酒。

《次韵奉答吉老并寄何君庸》:"屡中瓮面酒几圣,苦忆尊前人姓何。"史容注:"缸面,即瓮头。"

按：瓮面即缸面、瓮头，初熟酒也，始见于宋。刘克庄《四和林卿槟榔韵一首》："似椰内贮杯中物，非曲谁箸瓮面春。"赵鼎《送张汝霖纠左冯翊六绝》之五："瓮面浮醅玉雪光，陶巾犹带漉时香。"陆游《十月九日》："酒开瓮面扑人香，菊折霜余满把黄。"《月下小酌》："下箸槎头美，传杯瓮面清。"《舟中咏落景余清晖轻桡弄溪渚之句盖孟浩然耶溪泛舟诗也因以其句为韵赋诗十首》之四："主人语郑重，手把瓮面清。"苏辙《九日三首》之一："篱根菊初绽，瓮面酒新蒭。"邓深《三伏中一雨甦旱》："处处香瓮面，村村肥藁头"虞俦《七月三十日大雨连宵》之二："愁惊过雁乡心碎，喜溢浮蛆瓮面香。"《次韵坦夫见惠长句》："瓮面浮蛆暖更多，气味烦公卒调护。"《次韵答蒲元礼病起》："梢头红糁杏花发，瓮面浮蛆酒齐销。"《汉语大词典》失收此词，应补。

十一、竹叶瓶：酒器。

《南安试院无酒饮周道辅自赣上携一榼时时对酌惟恐尽试毕仆夫言尚有余樽木芙蓉盛开戏呈道辅》："霜花留得红妆面，酌尽斋中竹叶瓶。"

按：竹叶瓶，始见于宋，然皆后于山谷此诗，盖其独创。徐鹿卿《杜子野寄云山兰石四画且以近诗来和韵酬之》之二："爱君标格碧峰清，为辍床头竹叶瓶。"朱翌《游江医园江避贼归四年花木皆再种已开花著子矣》："桃花暖逐桃花水，竹叶光临竹叶瓶。"史铸《菊花》集句："怜香擘破花心觑，酌尽斋中竹叶瓶。"以上"竹叶瓶"，皆谓酒器。《汉语大词典》失收，应补。

十二、拣芽：茶叶名。

《奉同公择作拣芽咏》："赤囊岁上双龙璧，曾见前朝盛事来。想得天香随御所，延春阁道转轻雷。"山谷自注："囊贡小团亦单叠，唯拣芽双叠"。

按：《北苑贡茶录》更为详尽："茶芽最上曰小芽，如雀舌、鹰爪；次曰中芽，乃一芽带一叶者，号一枪一旗，一枪一旗号拣芽，最为挺特"[18][卷六十页154]，且将拣芽评为"上品"。山谷在诗作中屡称之，如《谢送碾壑源拣芽》："乔云从龙小苍璧，元丰至今人未识。"《以潞公所惠拣芽送公择次旧韵》："庆云十六圣龙样，国老元年密赐来。"《戏赠曹子方家凤儿》："拣芽入汤狮子吼，荔子新剥女儿颊。"又，晁冲之《简江子之求茶》："故人新除协律郎，交游多在白玉堂，拣芽斗夸皆饮尝。"葛胜仲《次韵德升惠新茶》之二:"双叠红囊贮拣芽,旋将活火试瑶花。"谢邁《次韵季智伯寄茶报酒三解》之一:"拣芽投我真抛却,不是能诗薛许州。"释智愚《芝峰交承惠茶》:"拣芽芳字出山南,真味那容取次参。"谢安国《次韵智伯寄茶报酒三斗》:"拣芽投我真抛却,不是诗人薛许州。"苏轼《怡然以垂云新茶见饷报以大龙团仍戏作小诗》:"拣芽分雀舌,赐茗出龙团。"韩淲《叶侍郎寄乌石茶昌甫诗谢之次韵同赋》:"拣芽为赠信灵物,回味有功非世勋。"赵希逢《和寄范茂卿》:"拣芽雀舌乍辞枝,小杓分江欲试时。"艾性夫《煎后山峰上人新茶》:"拣芽穰穰鹰爪黄,活火溅溅鱼眼汤。"以上"拣芽",皆谓茶叶。《汉语大词典》失收,应补。

十三、北焙:建溪北苑官焙。

《谢公择舅分赐茶三首》之一:"外家新赐苍龙璧,北焙风烟天上来。明日蓬山破寒月,先甘和梦听春雷。"任渊注:"北焙,建溪北苑官焙。"

按:北焙之名,但见于宋,特指宋代产茶之地福建建溪北苑精制而成的官茶。北焙在宋代茶叶中享有盛誉。《和答外舅孙莘老》:"北焙碾玄璧,谷帘煮甘露。"任渊注:"北焙即建溪高品"。《宣九家赋雪》:"石鼎香浮北焙茶,洪炉壳爆宣城果。"又,葛胜仲《次韵德升惠新茶》之一:"宠饷头纲北焙茶,分甘应自五侯家。"曾几《郡中禁私酿严甚戏作》:"客来且复置是事,北焙荐碗春风香。"自注:"时建上送新茗。"《啜建溪新茗李文授有二绝句次韵》之一:"北焙今年但取陈,草芽过了二分春。"梅尧臣《尝茶和公仪》:"都蓝携具向都堂,碾破云团北焙香。"王珪《和公仪饮茶》:"北焙和香饮最真,绿芽未雨带旗新。"苏颂《次韵孔学士密云龙茶》:"北焙新成圆月样,内廷初启绛囊封。"王洋《和郑贰卿别赋》:"北焙联圭璧,南薰润岳池。"刘挚有《石生煎茶》:"欢然展北焙,小鼎亲煎烹。"李正民《余君赠我以茶仆答以酒》:"投我以建溪北焙之新茶,报君以乌程若下之醇酒。"《汉语大词典》失收,应补。

十四、壑源:茶叶名。

《谢王炳之惠茶》:"于公岁取壑源足,勿遣沙溪来乱真。"

按:壑源,指茶叶,因地得名,始见于宋。《谢送碾壑源拣芽》:"壑源包贡第一春,缃奁碾香供玉食。"又,卫泾《皇帝阁端午帖子》之三:"迩英催晚讲,分赐壑源茶。"李彭《萧子植寄建茗石铫石脂潘衡墨且求近日诗作四绝句》之一:"宝犀新胯面巖冷,碾出壑源春雪花。"曾几《啜建溪新茗李文授有二绝句次韵》之二:"壑源今日为君倾,可当杯盘泻浊清。"彭汝砺《和巖夫花字韵》:"人归越溪藕,僧进壑源茶。"米芾《将之苕溪戏作呈诸友》之二:"懒倾惠泉酒,点尽壑源茶。"释德洪《谢性之惠茶》:"味香已觉臣双井,声价从来友壑源。"《将登南岳绝顶而志上人以小团鬭夸见遗作诗谢之》:"壑源独步宝带夸,官焙无双小月团。"《夏日雨晴过宗上人房》:"何当烹壑源,看此粟米粥。"葛胜仲《新茶》:"壑源苞贡及春分,玉食分甘赐旧勋。"李弥逊《山门晚归》:"毗耶香饭壑源春,午枕聊分百亿身。"黄公度《试院中蒙相君惠茶和钱教授韵》:"误向文闱齿搢绅,相君分赐壑源春。"陆游《谢王彦光提刑见访并送茶》:"遥想解酲须底物,隆兴第一壑源春。"又,《堂中以大盆渍白莲花石菖蒲翛然无复暑意睡起戏书》:"觉来隐几日初午,碾就壑源分细乳。"陈造《腊茶并三诗送李元诚》之三:"还家试碾壑源春,何似卢郎三百月。"方回《次韵谢遯翁吴山长孔昭三首》之一:"谏列合骑沙苑马,从臣宜赐壑源茶。"吴可《安静斋诗》:"平生壑源好,莲瓯发新乳。"胡寅《用前韵示贾阁老》:"壑源春未回,已著金鼓促。"邹浩《送李方几仲司户》:"壑源春焙香,黄鹂静中啭。"《次韵答詹成老谢密云龙之什》:"壑源春贡识此心,不比豫州常枭獍。"李光《饮茶歌》:"客来清坐但饮茶,壑源日铸新且馥。"陈渊《用中既和成以示山口唐蕴明蕴明亦和再用前韵呈二公》:"清香一缕爇沉水,浓茗十分烹壑源。"李处权《先仲微仲纯仲三兄过普明寺赏雪分韵得饮字》:"明朝更约提石瓶,来试壑源最高品。"《右司公致书显上人并遗楮衾诗以赞之并简都公》:"明年壑源春,驱车望云巘。"《汉语大词典》失收,应补。

十五、玄(苍)璧:龙凤团茶之美称。

《和答外舅孙莘老》:"北焙碾玄璧,谷帘煮甘露。"

　　按:《汉语大词典》虽已收"玄璧"条,然未收义项"龙凤团茶之美称",且未收"苍璧"一词。"玄璧""苍璧",盛行于宋。《奉谢刘景文送团茶》:"刘侯惠我大玄璧,上有雌雄双凤迹。"《奉谢刘景文送团茶》:"刘侯惠我小玄璧,自裁半璧煮琼糜。"《以团茶洮州绿石研赠无咎文潜》:"晁无咎赠君越侯所贡苍玉璧,可烹玉尘试春色。"《谢送碾壑源拣芽》:"矞云从龙小苍璧,元丰至今人未识。"《谢公择舅分赐茶三首》之一："外家新赐苍龙璧，北焙风烟天上来。"《公择用前韵嘲戏双井》："如今摸索苍龙璧，沉井铜瓶漫学雷。"又，欧阳修《送龙茶与许道人》："我有龙团古苍璧，九龙泉深一百尺。"葛胜仲《新茶》："珍同内府新苍璧，味压元丰小窠云。"陆游《秋兴三首》之一："墨蛟飞下剡藤滑，苍璧碾成官焙香。"杨万里《次李侍子寿郡集诗韵》："苍璧新煎第二泉，博山深炷古龙涎。"杨万里《谢李君亮赠陈中正墨》："龙尾研磨碎苍璧，鼠须飞动出晴虹。"夏竦《送凤茶与记室燕学士诗》："腻滑重苍璧，娇黄聚曲尘。"刘跂《碾茶》："委照墨海鹦鹆石，恐是云龙小苍璧。"释德洪《郭祐之太尉试新龙團索诗》："政和官焙雨前贡，苍璧密云盘小凤。"皆其例也。

十六、粟面：煮茶泛起的泡沫。

《奉谢刘景文送团茶》："鹅溪水练落春雪，粟面一杯增目力。"史容注："'粟面'，盖茗花也。"

按：史容之说无误。又，丘葵《寓浯江识老魏秀才》之二："茶烹粟面纷纷白，灯吐花心灼灼红。"《汉语大词典》失收，应补。

十七、官焙：建安北苑所造茶。

《送曹子方福建路运判兼简运使张仲谋》："曹侯黄须便弓马，从军赋诗横槊间。阿瞒文武如兒虎，远孙风气犹斑斑。昨解弓刀丞太仆，坐看收驹十二闲。远方不异辇毂下，诏遣中使哀恫鳏。吾闻斯民病盐策，天有雨露东南乾。谢君论河秉禹贡，诘难蜂起安如山。老郎不作患失计，凛然宜著侍臣冠。愿公不落谢君后，江湖以南尚少宽。百城阅人如阅马，泛驾亦要知才难。盐车之下有绝足，败群勿纵为民残。官焙荐璧天解颜，沦汤试春聊加餐。子鱼通印蚝破山，不但蕉黄荔子丹。道逢使者汉郎官，清溪弭节问平安。天子命我参卿事，奋然相对亦可欢。回波一醉嘲桍桍，山驿官梅破小寒。"史容注："官焙，谓建安北苑所造茶也"。

按：史容之说无误。官焙，特指宋时福建建安北苑所造之茶，为朝廷贡品。又，《博士王扬休碾密云龙同事十三人饮之戏作》："午窗欲眠视蒙蒙，喜君开包碾春风，注汤官焙香出笼。"《谢王炳之惠茶》："家园鹰爪改呕冷，官焙龙文常食陈。"曾惇《句》之一:"但煮官焙香,炊饭鲙鱼腹。"张栻《芭蕉茶送伯承伯承赋诗三章次韵》之二:"正色可参官焙,妙香还近嵇山。"张栻《和安国送茶》:"官焙苍云小卧龙,使君分饷自题封。"徐荣叟《茶》:"官焙春绿入贡时,担头猎猎小黄旗。"吴则礼《过宋呈曾公衮》:"团栾枣熟官焙奇,浇我清秋雁鹜池。"吴则礼《兰皋煎茶》:"今年未识云腴面,且拨去年官焙芽。"张扩《次韵子温惠双井茶二首》之二:"不减建溪官焙香,匏樽汲水自煎汤。"周紫芝《楼居杂句五首》之三:"暂借小楼听雨睡,更携官焙与僧煎。"张祁《答周邦彦觅茶》之二:"仇池诗里识焦坑,风味官焙可抗衡。"李曾伯《赋新茶》:"虽然声价殊官焙,反觉山家气味长。"饶节《次韵彭圣从秋兴》:"只鸡还我田家味,小胯须君官焙香。"释德洪《无学点茶乞诗》:"政和官焙来何处,雪后晴窗欣共煮。"释德洪《将登南岳绝顶而志上人以小团斗夸见遗作诗谢之》:"壑源独步宝带夸,官焙无双小月团。"曹勋《余比出疆以茶遗馆伴乃云茶皆中等此间于高丽界上置茶凡二十八九缉可得一胯皆上品也予力辩所自来谓所遗皆御前绝品他日相与烹试果居其次伤为猾夷所诮因得一诗》:"年来建茗甚纷纭,官焙私园总混真。"葛立方《送伴回至平江舟中与元览试茶》:"骑火已惊官焙早,注汤还斗乳花多。"陆游《秋兴三首》之一:"墨蛟飞下剡藤滑,苍璧碾成官焙香。"释居简《黄茶》:"官焙曾看白玉花,不知黄玉在山茶。"释德洪《郭祐之太尉试新龙团索诗》:"政和官焙雨前贡,苍璧密云盘小凤。"释德洪《和曾逢原试茶连韵》:"喜如小儿抱秋爪,宣和官焙囊绛纱。"周紫芝《次韵端叔题余所藏山谷茶诗尾》:"梦回却诵矞云句,仿佛官焙闻余香。"周紫芝《次韵章季常饮冰长句》:"千金难买官焙茶,百金未尽先藏义。"魏了翁《夏港僧舍》:"官焙破苍璧,桃笙涨寒江。"《汉语大词典》失收,应补。

十八、龙文:龙凤团茶名。

《煎茶饼》:"短喙可候煎,枵腹不停尘。蟹眼时探穴,龙文已碎身。茗碗有何好,煮瓶被宠珍。石交谅如此,湔祓长日新。"

按:宋代建州北苑御焙产龙凤团饼,茶饼表面印有用龙、凤模具压制成形的龙文,故以"龙文"代指龙凤团茶。又,《谢王炳之惠茶》:"家园鹰爪改呕冷,官焙龙文常食陈。"又,朱松《次韵尧端试茶》:"龙文新夸荐细罗,园吏分尝苦未多。"梅尧臣《建溪新茗》:"粟粒烹瓯起,龙文御饼加"。《汉语大词典》虽有"龙文"词目,而无此义项,宜补。

十九、沙溪：茶叶名。

《谢王炳之惠茶》："于公岁取壑源足，勿遣沙溪来乱真。"

按：沙溪，用作茶叶名始见于宋，属下等品。《东溪试茶录》亦云："沙溪去北苑西十里，山浅土薄，茶生而叶细，芽不肥乳。自溪口诸焙色黄而土气。"[1][页490]葛立方《次韵陈元述见寄谢茶》之一："曾饮日边甘露碗，沙溪难遣乱吾真。"《次韵施子善谢茶》："色方蒙岭虽微胜，品带沙溪未苦精。"《卫卿叔自青旸寄诗一卷以饮酒果核骰味烹茶斋戒清修伤时等为题皆纪一时之事凡十七首为报》之七："识取真腴那得忙，不是沙溪不入香。"又，苏轼《和蒋夔寄茶》："沙溪北苑强分别，水脚一线争谁先。"赵鼎臣《允迪和诗吝茶弗出而约以棋取之再次韵》："沙溪委道周，北苑陈中堂。"以上"沙溪"，皆茶叶名。《汉语大词典》失收，应补。

二十、牛家花：即牛黄，即牡丹花。

《效王仲至少监咏姚花用其韵四首》之一："映日低风整复斜，绿玉眉心黄袖遮。大梁城里虽罕见，心知不是牛家花。"

按：欧阳修《洛阳牡丹记·花释名》："牛黄亦千叶，出于民牛氏家，比姚黄差小。真宗祀汾阴，还过洛阳，留宴淑景亭，牛氏献此花，名遂著。甘草黄，单叶，色如甘草。洛人善别花，见其树知为某花云"。[13][页383]又，文彦博《近以洛花寄献斋阁蒙赐诗五绝褒借今辄成五篇以答来贶端明》之一："左魏牛黄数十枝，洗妆添色又新奇。"又名"牛家黄"。林表民《天台邵明府履善遗牡丹各赋一绝》："人间兴废手搏沙，乔木犹存少故家。不见石边题甲乙，空余姓氏落名花。"自注："牛家黄。"《汉语大词典》皆失收，应补。

二十一、千叶紫：即左花，牡丹花名。

《王才元舍人许牡丹求诗》："闻道潜溪千叶紫，主人不剪要题诗。欲搜佳句恐春老，试遣七言赊一枝。"

按：欧阳修《牡丹释名》："左花，千叶紫花，出民左氏家"。[1][页15]千叶紫，即左花、左紫。又，王十朋《次韵濮十太尉咏知宗牡丹七绝》之一："姚黄一品价无双,更有左花千叶密。"刘跂《玉簪花和希纯》之八:"左紫姚黄满金谷,野人留取伴鸡冠。"文彦博《诗谢留守王宣徽远惠牡丹》:"姚黄左紫状元红,打剥栽培久用功。"郑獬《忆陪诸公会张侯之第》:"姚黄左紫虽绝品,不言不笑空夭斜。"刘挚《题泰定小雏亭》:"渐买姚黄并左紫,恨无伊水对嵩山。"葛立方《正月十日小园瑞香盛开》:"左紫空西洛,辛夷邈楚湘。"苏辙《林笋复生》:"姚黄左紫终误人,千叶重台定何事。"欧阳修《洛阳牡丹图》:"传闻千叶昔未有,只从左紫名初驰。"《汉语大词典》失收,应补。

二十二、黄钿:黄菊名。

《入穷巷谒李材叟翘叟戏赠鉴简田子平三首》之一:"紫冠黄钿网丝窠,蝶绕蜂围奈晚何。"山谷自注云:"黄钿,黄菊。"

按: 钿,本指古代妇女用金属宝石等镶嵌而成的头饰,称黄菊为黄钿,盖其美称。此词始见于山谷诗,为其所创。又,喻良能《再游东阳》:"苍松怪石虽饱览,黄钿拒霜犹未开。"《次韵奉酬茂恭送茉莉重台白莲》:"笑他山谷夸黄钿,欲学令狐赋白楼。"《次韵何茂恭咏玉簪三绝》之二:"未开黄钿紫冠小,谁与幽人作好秋。"《汉语大词典》失收,应补。

二十三、山矾:花名。

《王充道送水仙花五十枝欣然会心为之作咏》:"含香体素欲倾城,山矾是弟梅是兄。"

按: 山矾,始见于宋。《戏咏高节亭边山矾花诗序》:"江湖南野中有一种小白花,木高数尺,春开极香,野人号为郑花。王荆公尝欲求此花栽,欲作诗而陋其名,予请名曰山矾。野人采郑花叶以染黄,不借矾而成色,故名山矾。"《戏咏高节亭边山矾花二首》之一:"北岭山矾取意开,轻风正用此时来。"《戏咏高节亭边山矾花二首》之二:"高节亭边竹已空,山矾独自倚春风。"据此,此词为山谷所创。又,杨万里《万安出郭早行》:"玉花小朵是山矾,香杀行人只欲颠。"赵汝鐩《山矾》:"七里香风远,山矾满路开。"刘伩《小玉蕊花》之二:"山矾纷似玉,黄蘗碎如金。"方蒙仲《孤山梅》:"山谷弟山矾,两事同一意。"谢薖《雨中漫成四首》之三:"一树山矾宫样黄,晓风微送雨中香。"周紫芝《九江初识水仙二首》之一:"如今始信黄香错,刚道山矾是一家。"陈渊《归自郡城见道中山矾盛开》:"和风暖日江南路,正是山矾烂漫时。"刘才邵《次韵梅花十绝句》之八:"水仙似怯难为弟,更著山矾数满三。"李祁《郎官湖春日四首》之四:"梅花过尽桃花恶,乞取山矾入净瓶。"胡寅《和叔夏水仙时见于宣卿坐上叔夏折一枝以归八绝》之八:"为花求偶岂全无,梅与山矾姊弟如。"项安世《轿中听雨》:"时时更把山矾嗅,岩桂香中八月天。"赵蕃《十一日》之一:"水仙蜕去梅成实,只有山矾印此风。"以上"山矾",皆谓花名,然皆在山谷诗后。

二十四、袁家紫:牡丹名。

《病来十日不举酒二首》之二:"病来十日不举酒,独卧南床春草生。承君折送袁家紫,令我兴发郎官清。"任渊注:"袁家紫,当是牡丹名。"

按: 欧阳修作《永叔花品录》,记载 24 种牡丹花的花名;陆游作《天彭牡丹谱》,记载 65 种牡丹花的花名;两书均收录"袁家紫"之词。又,《宴郑氏园亭二首》之一有:"闻有袁家紫开遍,尚余春色绕芳丛。"《汉语大词典》失收,应补。

二十五、紫绵:海棠。

《以金沙酴醾送公寿》:"天遣酴醾玉作花,紫绵揉色染金沙。"史容注:"沈立《海棠记》:'唯紫锦者谓之海棠,余乃梨花耳。'又《苕溪诗话》云:'闽中漕宇海棠,有如紫锦揉色者。'"

按: 明代袁宏道《瓶史·品第》云:"海棠以西府紫锦为上"。[11][页5]梅尧臣《和范景仁王景彝殿中杂题三十八首并次韵紫牡丹》:"叶底风吹紫锦囊,宫炉应近更添香。"韩维《洛城杂诗五首》之四:"无数长条乱晓风,谁将紫锦覆春丛。"杨万里《紫牡丹二首》之一:"紫锦香囊金屑暖,翠罗舞袖掌文寒。"晁补之《次韵李秬约赏牡丹》:"常夸西洛青屏簇,久说南徐紫锦堆。"皆"紫锦"用作"牡丹"义之例。《汉语大词典》失收,宜补。

二十六、仆姑:鸟名。

《次韵叔父圣谟咏莺迁谷》:"鸦舅颇强聒,仆姑常勃磎。"

按:《汉语大词典》有"仆姑"词目,仅表示"箭名"之义项。仆姑,别称鸠。

此诗是也。又,《寄陈适用》:"林中仆姑归,苦遭拙妇骂。"《彭陂》:"竹舆呕哑山径凉,仆姑呼妇声相倚。"《再次韵和吉老》:"今日仆姑晴自语,愁阴前日雪铺床。"刘敞《出城》:"水映朱扉树绕城,午天暄煦仆姑鸣。"刘宰《开禧纪事二首》之一:"泥滑滑,仆姑姑,唤晴唤雨无时无。"陈造《次赵判院韵》:"仆姑不作饿鸱鸣,策策鲛人珠进泪。"以上"仆姑",皆谓鸟。《汉语大词典》失收,宜补。

二十七、脱裤:布谷鸣声。

《次韵坦夫见惠长句》:"树头树底劝提壶,南冈北冈教脱裤。"

按:《汉语大词典》有"脱裤"词目,云:"布谷鸟的别称。因鸣声而得名。"①[38][页1299]并引苏轼、陆游、辛弃疾三人诗词作为书证。然无"布谷鸣声"之义项,当补综观山谷诗,"提壶"、"脱裤",均为鸟鸣之声,非谓鸟。又,《戏和答禽语》:"田中啼鸟自四时,催人脱裤著新衣。"戴昺《五禽言》之四:"脱却破裤,脱却破裤,蚕熟缫成霜雪缕。"王质《山友辞·脱却布裤》:"脱却破裤,脱却破裤,空润冥蒙湿交股。"苏轼《五禽言五首》之二:"溪边布谷儿,劝我脱破裤。"喻良能《铅山》:"几声劝我脱破裤,何处撩人婆饼焦。"朱熹《五禽言和王仲衡尚书》之四:"脱裤,脱裤,桑叶阴阴墙下路。"赵蕃《反禽言二首》之一:"林间脱裤催人急,时有炎凉底过忧。"曾几《闻禽声有感》:"坐闻幽鸟语,胜与俗人言。脱裤高低树,提壶远近村。"皆其例。《汉语大词典》宜补。

二十八、螺甲、香螺:香料名。

《有惠江南帐中香者戏答六言二首》之一:"百炼香螺沉水,宝薰近出江南。"任渊注:"香螺,谓螺甲。"又,《有惠江南帐中香者戏答六言二首》之二:"螺甲割昆仑耳,香材屑鹧鸪斑。"任渊引《唐本草》:"蠡类生云南者,大如掌,青黄色,取靥烧灰用之,今合香多用,谓能发香,复来香烟。按韵书:'蠡亦作螺。'"

按:香螺、螺甲,皆香料名,产于云南。又,《贾天锡惠宝薰乞诗予以兵卫森画戟燕寝凝清香十字作诗报之》之三:"石蜜化螺甲,楝楻煮水沈。"苏轼《子由

---

① 罗竹风主编《汉语大词典》卷六下,上海:汉语大词典出版社,2008年,第1299页。

生日以檀香观音像及新合印香银篆盘为寿》：“香螺脱黡来相群，能结缥缈风中云。”《汉语大词典》未收“螺甲”词目，虽有“香螺”词目，而无香料之义项。

二十九、宝薰：香炉名。

《有惠江南帐中香者戏答六言二首》之一：“百炼香螺沉水，宝薰近出江南。”

按：宝薰为香炉，始见于山谷此诗，为其独创。又，洪炎《次韵郑公实见赠二诗》之二：“百濯生香真宝薰，中泠取水挹清芬。”苏籀《事毕汤巩方三君再用前韵复酬一首》：“妙啜龙团啬少分，宝薰婆律靳多闻。”黄公度《洪景卢赋素馨有退畦不遇赏拔之叹戏作反之》：“眼看南国添春色，天遣余波及宝薰。”洪适《陈体仁以心清闻妙香作诗惠末利花香次韵为谢》之二：“宝薰凝窗牖，为君寻鸥盟。”许及之《三次澄鳞韵喜闻捷音》：“何力神洪造，擎拳爇宝薰。”虞俦《龙池祷雨》：“御府金奁出宝薰，爇来池上定知闻。”张大直《题含虚南洞》：“书堂犹觉宝薰在，石铫微闻仙茗香。”刘克庄《竹溪直院盛称起予草堂诗之善暇日览之多有可恨者因效颦作十首亦前人广骚反骚之意内二十九首用旧题惟岁寒知松柏被褐怀珠玉三首效山谷余十八首别命题或追录少作并存于卷以训童蒙之意·肃时雨若》：“宝薰一队起，银竹四檐垂。”陈克《瑞香》：“香蜜缀红糁，宝薰罩宫罗。”吴可《次韵曾中父登临川郡楼书事》：“宝薰烟雾细，仙茗笑谈香。”王安中《睿谟殿曲宴诗》：“宝薰携满袖，御果得加笾。”皆在山谷诗后。《汉语大词典》失收，宜补。

三十、松花：墨名。

《以右军书数种赠丘十四》：“松花泛砚摹真行，字身藏颖秀劲清。”

按：松花之称墨，始见于宋。《再和公择舅氏杂言》：“但见受墨无声松花发，颇似龙尾琢紫烟。”又，杨万里《赠墨工张公明》：“易水松花烟一螺，涨起倒流三峡波。”《谢王恭父赠梁杲墨》：“洮州绿玉试松花，星潭黑云走风沙。”萧立之《再韵前人请断来章之作》：“乌丝弄笔摇松花，棘端破镞真当家。”《汉语大词典》虽收“松花”，但无此义项，宜补。

三十一、飞雹：下棋声。

《孝慈寺饯子敦席上奉同孔经父八韵》："晴云浮茗碗，飞雹落文楸。"任渊云："飞雹，谓棋声"。

按：冰雹飞落时发出清脆响声，以此比拟下棋子的声响，至宋已固定为词，非比喻也。《呈马粹老范德孺》："日永清风摇麈尾，夜阑飞雹落棋枰"。又，洪炎《弈棋绝句二首》之二："未戴柘枝花帽子，两行宫监在帘前。"陈与义《棋》："晴天散飞雹，惊动隔墙儿。"欧阳澈《和友人同游普安》："茗碗翠涛能破闷，棋枰飞雹共忘忧。"葛立方《次韵陈廷藻户部西湖快目堂之集》："相与文楸看飞雹，不须舞袖觅惊鸿。"陈造《崔侯燕城西高家亭复次韵》："小令纤指鸣飞雹，却遣红檀趁落梅。"陈杰《上元果晴谦南楼诗弈尽欢用韵》："抃鳌东极遥筹寿，飞雹南风活著棋。"方回《次韵张慵庵观予奕棋》："戏拈玉子鸣飞雹，良喜青裙驻织葱。"杨公远《次朋山郑管辖韵》："棋枰子落鸣飞雹，石鼎茶煎吼怒湍。"洪朋《陪师川纳凉大宁寺得绿字》："坐隐者谁子，飞雹下棋局。"张纲《送赵承之出守邓州》："堂前画烛照红妆，席上枯棋响飞雹。"董杞《游招真观》："文楸飞雹铿，朱弦浮磬彻。"姚勉《赠棋翁挟二童皆高弈》："一声飞雹枰中落，应手钧天仙乐作。"刘宰《东禅百韵》："围棋对空枰，白日忽飞雹。"以上"飞雹"，皆谓棋声。《汉语大词典》仅收"飞雹"表"迅疾飞落的冰雹"之义项，宜补。

三十二、二螯：蟹名。

《代二螯解嘲》："不比二螯风味好，那堪把酒对西山。"

按：二螯，本典出《荀子·劝学》："蟹六跪而二螯"，指蟹的两个大钳子。后以称螃蟹，固定为词。又，《题燕邸洋川公养浩堂画二首》之一："萧寺吟双竹，秋醪荐二螯。"强至《句》之二："木奴竞熟饶千树，稻蟹初肥嗜二螯。"李彭《代二螯解嘲》："不似二螯风韵好，那堪把酒对西山。"李彭《再次韵呈之忱彦先彦达兼呈幼槃》："不知底事真奇语，且向窗前嚼二螯。"曾几《钱仲修饷新蟹》："一手正宜深把酒，二螯已是饱经霜。"韩淲《寄林秘书》："瓮篘初熟二螯肥，空水生寒脱叶稀。"赵汝腾《再用韵答》："不羡丛菊并二螯，美君出语真俊豪。"方回《有感三首》之一："一角未堪峨獬豸，二螯敢笑食螟螣。"刘敞《送徐君章》："紫蟹出簖

加二螯,白鱼挂网色胜雪。"王炎《用元韵答杨大著李校书》:"倡而不和当受罚,
丐公酌酒羞二螯。"《汉语大词典》失收,宜补。

三十三、好头赤:御马名。

《和子瞻戏书伯时画好头赤》:"李侯画骨不画肉,笔下马生如破竹。秦驹
虽入天仗图,犹恐真龙在空谷。精神权奇汗沟赤,有头赤乌能逐日。安得身为
汉都护,三十六城看历历。"

按:好头赤,李伯时所画的骏马。且苏轼已为此画题诗,《戏书李伯时画御
马好头赤》:"岂如厩马好头赤,立仗归来卧斜日。"《宣和画谱》:"尝写骐骥院御
马,如西域于阗所贡好头赤、锦膊骢之类,写貌至多,至圉人恳请,恐并为神物,
取去,由是先以画马得名"[21][页155],好头赤,产自西域于阗。张耒《次韵苏内相
好头赤》:"世无将军飞食肉,宛马不来鞭费竹。"晁补之《次韵苏翰林厩马好头
赤》:"君不见昆仑龙种非凡肉,不但蹄高耳批竹。区区吴蜀有二骏,跳过断桥
飞出谷。万蹄纵牧原野赤,汧陇收驹日复日。未须天厩惊好头,冀北未空聊一
历。"《汉语大词典》失收,宜补。

三十四、菰白:茭白名。

《萧巽葛敏修而学子和予食笋诗次韵答之二首》之二:"韭黄照春盘,菰白
媚秋菜。"史容注:"《本草》:'菰根,蒋草也,江南人呼为茭草。'《图经》云:'又谓
之茭白。'"。

按:陆游作诗,喜用"菰白",《舟中晓赋》:"香甑炊菰白,醇醪点蟹黄。"《园
蔬荐村酒戏作》:"菹有秋菰白,羹惟野苋红。"《法云寺》:"厨供菰白美,池蘸水
红开。"《与村邻聚饮二首》之一:"鸡跖宜菰白,豚肩杂韭黄。"《春老》:"园丁卖
菰白,蚕妾采桑黄。"《菜羹》:"青菘绿韭古嘉蔬,莼丝菰白名三吴。"《汉语大词
典》有"茭白"条,但在注释中将其别称"菰白"收录其中,谬也。宜补。

三十五、细肋卧沙:羊名。

《戏答张秘监馈羊》:"细肋柔毛饱卧沙,烦公遣骑送寒家。"史容注:"同州
沙苑有佳羊,俗谓之细肋卧沙"。

按："细肋卧沙"是宋代俗名。陆游《龟堂偶题二首》之二："细肋卧沙来左辅,巨鳌斫雪出东吴。"《闻西师复华州二首》之一："细肋卧沙非望及,且炊黍饭食河鱼。"或作"卧沙细肋"。苏轼《走笔谢吕行甫惠子鱼》："卧沙细肋吾方厌,通印长鱼谁肯分。"周紫芝《蔡生缚毡根毛笔戏书小诗》："卧沙细肋策勋余,点鼠何劳强挽须。"《买鱼二首》之一："卧沙细肋何由得,出水纤鳞却易求。"或省作"细肋"。刘宰《柬张簿二首》之二："细肋朝来正割鲜,瓦瓶先腊湛寒泉。"梅尧臣《江邻几寄羊肥》："细肋胡羊卧苑沙,长春宫使踏霜肥。"陈师道《送冯翊宋令》："细肋卧沙勤下箸,长芒刺眼莫霑唇。"吴则礼《归自河西泛舟东下示垧》："渐炊大甑长腰米,共说平生细肋羊。"曹勋《山居杂诗九十首》之七九:"舌下清肥足,何劳细肋供。"陆游《书意二首》之一:"但有长腰吴下米,岂须细肋大官羊。"蔡肇《次韵上呈樗年主簿乡兄》:"重闻共此烛灯光,肥羊细肋蟹著黄。"岳珂《比闻赵季茂奉板舆行春甚乐予跃然效之是日乃值大风雨昏后倦归则素月流天仍复晴矣自此连日春色尤浓杏已过雨红英满地怅然有作因寄》:"沙苑出细肋,好音来赫蹄。"《汉语大词典》皆失收,宜补。

三十六、碧香:酒名。

《便蠑王丞送碧香酒用子瞻韵戏赠郑彦能》:"食贫好酒尝自嘲,日给上尊无骨相。大农部丞送新酒,碧香窃比主家酿。应怜坐客竟无毡,更遭官长颇讥谤。银杯同色试一倾,排遣春寒出帷帐。浮蛆翁翁杯底滑,坐想康成论泛盎。重门著关不为君,但备恶客来仇饷。"山谷自注:"王诜,晋卿,尚蜀国公主,其家酒名碧香。"

按:《汉语大词典》有"碧香"一词,且将其释为酒名。引其书证为:唐皮日休《夜会问答》之七:"锦鲸荐,碧香红腻承君宴"。但笔者以为不宜引用此书证,此例中的碧香非谓酒名。据皮诗意,"碧香红腻"当是指"锦鲸荐"之肥美,而分别用色觉"碧""红"、味觉"香""腻"来形容,把二词拆开作"碧香""红腻",无道理可言。且皮日休《夜会问答》十首,可知除第一首总体描写环境外,其余各首第一词均是全诗描写对象,如"瘿木杯""落霞琴""莲花烛",皆是如此,故而可断定"碧香",非是酒名,故可知《汉语大词典》引证有误。又,唐鲍溶《春日》:"夜瑟弦惊绿流水,暖松花放碧香烟。"其咏"碧香",亦非酒名。据山谷注,碧香,乃蜀国公主驸马王诜家所酿制之酒。苏轼《送碧香酒与赵明叔教授》:"碧香近出帝子家,鹅儿破壳酥流盎。"李复《秉文荐对报罢赴任有诗示予遂和》："都城帝子家,碧香寄新酎。"又,赵蕃句之一:"王家碧香酿,刘尹建安诗。"刘子翚《有怀十首》之八:"未饶赤壁风流在,且向何家醉碧香。"陈造《寄郢州崔守八首》之四:"碧香当日荐金船,桑落宜城不直钱。"楼钥《过苍岭》之一:"路人缙云频借问,碧香酒好是谁家。"王洋《曾吉父以诗招客次韵》:"情随兰畹碧香注,诗送茶山烟雨来。"杨万里《月下闻笛》:"碧香三酌半,玉笛一声新。"韩淲《余计院父子以我乏酒连以一壶为饷》:"公家父子何多事,今日碧香犹卓然。"陈杰《携碧香酒赏红白桃因观江涨》:"江光万顷碧香酒,春事一年红白桃。"张侃《书事》之二:"入夜倾碧香,聊用浇磊块。"吴芾《酒为偷儿所窃》:"去冬酿碧香,颇不计升斗。"此词始见于北宋,则无异议。

三十七、鱼眼(汤):煎茶初沸水。

《戏答荆州王充道烹茶四首》之四:"龙焙东风鱼眼汤,个中即是白云乡。更煎双井苍鹰爪,始耐落花春日长。"

按:《汉语大词典》已收"鱼眼",云:"指水烧开时冒出的状如鱼眼大小的气泡。旧时常据以说明水沸滚的程度。"[1]其说不确。鱼眼,当是水面泛起的状如鱼眼大小的气泡,是泡茶的初沸水。且根据此种沸水的气泡大小为"鱼眼"、"蟹眼"。大概煮新茶,水不宜过开,有气即可。白居易《谢李六郎中寄新蜀茶》:"汤添勺水煎鱼眼,末下刀圭搅曲尘。"白居易《睡后茶兴忆杨同州》:"沫下曲尘香,花浮鱼眼沸。"李群玉《龙山人惠石廪方及团茶》:"滩声起鱼眼,满鼎漂清霞。"黄庭坚《省中烹茶怀子瞻用前韵》:"思公煮茗共汤鼎,蚯蚓窍生鱼眼珠。"又,《同王稚川晏叔原饭寂照房》:"自携鹰爪芽,来试鱼眼汤。"《奉同六舅尚书咏茶碾煎烹六首》之二:"风炉小鼎不须催,鱼眼长随蟹眼来。"陆游《戏作三首》之一:"飕飕松韵生鱼眼,汹汹云涛涌兔毫。"王炎《春日即事四绝》之三:"只有睡魔降未得,铜瓶鱼眼沸松风。"李昉《可矜或歌执事之风猷或导鄙人之情志愿宽捷给稍赐披寻》之三:"午睡爱茶鱼眼细,春餐费笋锦皮疏。"范成大《大雪书怀》:"聊掬玉尘添石鼎,自煎鱼眼破龙团。"虞俦《以酥煎小龙茶因成》:"蟹眼已收鱼眼出,酥花翻作乳花团。"艾性夫《煎后山峰上人新茶》:"拣芽穰穰鹰爪黄,活火溅溅鱼眼汤。"皆指泡新茶时水。

---

[1] 罗竹风主编《汉语大词典》卷十二下,上海:汉语大词典出版社,2008年,第1192页。

结　语

在宋代,山谷诗的成就虽不是最高,但他在诗歌中对于宋代口语新词的运用和记录为我们了解北宋时期的政治、经济、文化和生活面貌提供了重要的依据。

笔者在业师的指导下,通过精读山谷诗,主要完成了两大任务:一是搜集并整理出了山谷诗中的文化词语,共计 184 条词目。包括酒类词 30 条,茶类词 28 条,吃食类 21 条,花鸟类词 24 条,虫鱼类 12 条,香事类词 12 条,文房类词 25 条,职官类 7 条,器用类 13 条,其他类 12 条。二是以《汉语大词典》为参照系,选取了 37 条文化词语进行考释。

当然,由于时间和精力有限,本书也存有一些不足之处。比如,笔者虽竭力查阅古籍,但有的文化词的考释引例还是不够丰富。另外,由于材料、学识的限制,对于文化词的考释,笔者只作了断代考察,未能追根溯源,对于这些不足,笔者深感遗憾,特希望能有学识渊富之人,对此作更深入的研究。

征引文献

B

[1]《百川学海》,[宋]左圭辑,北京:中国书店,1990。

[2]《表异录》[明]王志坚撰,上海:商务印书馆,清光绪二年(1876)陈氏庸闲斋刻本。

H

[3]《汉书》,[东汉]班固撰,北京:中华书局,1962。

J

[4]《焦氏易林注》,[西汉]焦延寿著、尚秉和注、常秉义点校,北京:光明日报出版社,2005。

L

[5]《岭表录异》,[唐]刘恂撰,鲁迅校勘,广州:广东人民出版社,1983。

[6]《六臣注文选》,[南朝梁]萧统编,[唐]李善、吕延济、刘良、张铣、吕向、李周翰注,北京:中华书局,1987。

[7]《洛阳伽蓝记校释》,[北魏]杨衒之撰,周祖谟校释,北京:中华书局,2010。

[8]《履斋示儿编》,[宋]孙奕撰,北京:中华书局,1985。

N

[9]《南方草木状》,[晋]嵇含撰,广州:广东科技出版社,2009。

[10]《南史》,[唐]李延寿撰,北京:中华书局,1975。

P

[11]《瓶史》[明]袁宏道著,北京:中华书局,1985。

Q

[12]《齐民要术今释》,[北魏]贾思勰著,石声汉校释,北京:中华书局,2009。

R

[13]《容斋随笔》,[宋]洪迈著,邵士梅编译,西安:三秦出版社,2007。

S

[14]《世说新语校笺》,[南朝宋]刘义庆著,余嘉锡校笺,北京:中华书局,1984。

[15]《拾遗记》,[晋]王嘉撰,[南朝梁]萧绮录,齐治平校注,北京:中华书局,1981。

[16]《宋诗话全编·洪惠诗话》,吴文治主编,南京:江苏古籍出版社,1998。

[17]《宋诗话全编·黄庭坚诗话》,吴文治主编,南京:江苏古籍出版社,1998。

[18]《说郛》,[元]陶宗仪编纂,北京:中国书店,1986。

T

[19]《唐国史补 因话录》,[唐]李肇、赵璘著,上海:古典文学出版

社,1957。

[20]《苕溪渔隐丛话后集》,[南宋]胡仔撰,北京:人民文学出版社,1962。

X

[21]《宣和画谱》[宋]佚名撰,潘运浩编,长沙:湖南美术出版社,1999。

Z

[22]《真诰》,[南朝梁]陶弘景撰,赵益点校,北京:中华书局,2011。

参考文献

一、著作部分

[1]《黄庭坚诗集注》，[宋]黄庭坚撰，任渊等注，北京：中华书局，2003。

[2]《全宋诗》，北京大学古文献研究所编，傅璇琮等主编，北京：北京大学出版社，1998。

[3]《全宋词》，唐圭璋编，北京：中华书局，1965。

[4]《宋元笔记小说大观》，上海：上海古籍出版社，2001。

[5]《笔记小说大观》，扬州：广陵古籍刻印社出版，1983。

[6]《老学庵笔记》，[宋]陆游，北京：中华书局，1979。

[7]《唐宋笔记语辞汇释》，王锳，北京：中华书局，2001。

[8]《范成大笔记六种》，[宋]范成大撰，孙凡礼点校，北京：中华书局，2002。

[9]《唐宋笔记小说释译》，沈履伟注译，天津：天津古籍出版社，2004。

[10]《汉语大词典》，罗竹风主编，上海：汉语大词典出版社，2008。

[11]《蒋礼鸿集》，蒋礼鸿著，吴熊和主编，杭州：浙江教育出版社，2001。

[12]《诗词曲语辞例释》，王锳，北京：中华书局，1986。

[13]《诗词曲语辞汇释》，张相，北京：中华书局，1953。

[14]《宋元语言词典》，龙潜庵编纂，上海：上海辞书出版社，1985。

[15]《宋语言词典》，刘坚编纂，上海：上海教育出版社，1997。

[16]《词汇训诂论稿》，王云路著，北京：北京语言文化大学出版社，2002。

[17]《全唐诗》，[清]彭定求编，上海：上海古籍出版社，1986。

[18]《宋诗选注》，钱锺书撰，北京：生活·读书·新知三联书店，2002。

[19]《唐诗异文义例研究》,李家叔、黄灵庚著,香港:香港大学出版社,2003。

[20]《近代汉语释词丛稿》,李申撰,南京:江苏教育出版社,1995。

[21]《百川学海》,[宋]左圭辑,北京:中国书店,1990。

[22]《说郛》,[明]陶宗仪编纂,北京:中国书店,1986。

[23]《黑水城出土宋代汉文社会文献词汇研究》,邵天松,北京:中华书局,2020。

[24]《古代文化词义集类辨考》,黄金贵,北京:商务印书馆,2016。

[25]《文化语言学导论》,戴昭铭,北京:商务印书馆,2023。

二、论文部分

[1]《〈全宋诗〉词义例释》,曹海花,浙江师范大学硕士学位论文,2006。

[2]《基于〈汉语大词典〉语料库的宋代新词研究》,孙晓玄,山东大学博士学位论文,2011。

[3]《〈全宋诗〉香事类词汇研究》,张晓红,华中师范大学硕士学位论文,2012。

[4]《〈尔雅〉名物词用字的历时考察与研究》,杨清臣,河北大学博士学位论文,2011。

[5]《〈礼记〉用器类名物词研究》,张宇,广西师范大学硕士学位论文,2011。

[6]《〈齐民要术〉农作物名物词研究》,王莉群,重庆师范大学硕士学位论文,2012。

[7]《中国古代毛笔研究》,朱友舟,南京艺术学院博士学位论文,2012。

[8]《"竹夫人"词源小考及其他》,刘季富,安阳师范学院学报,2006年第6期。

[9]《宋诗茶词语例释六则》,黄灵庚,浙江师范大学学报,2004年第5期。

[10]《宋诗茶文化语词举例》,李家树、黄灵庚,古籍整理研究学刊,2005年第2期。

[11]《宋诗自注口语词义举例》,曹海花,职大学报,2006年第1期。

[12]《〈全宋诗〉文化语词拾零》,曹海花、黄灵庚,西南交通大学学报,2010

年第 5 期。

[13]《初谈名物训诂》,黄金贵,语言研究,2011 年第 4 期。

[14]《论古代文化词语的训释》,黄金贵,天津师大学报,1993 年第 3 期。

[15]《古代文化词辨释二篇》,黄金贵,杭州大学学报,1993 年第 2 期。

[16]《读〈管锥编〉、〈宋诗选注〉献疑》,王云路,文学遗产,2003 年第 2 期。

[17]《"名物"的定义与名物词的确定》,刘兴均,西南师范大学学报,1998 年第 5 期。

[18]《20 世纪 80 年代以来的宋诗研究》,叶帮义,深圳大学学报,2005 年第 6 期。

[19]《白居易诗歌俗词语》,乔立智,江苏科技大学学报,2012 年第 3 期。

[20]《宋人对黄庭坚诗歌的接受》,伍联群,宁夏大学学报,2007 年第 6 期。

附录一　黄庭坚传记

豫章先生传

豫章先生讳庭坚，字鲁直，姓黄氏。其先婺之金华人。六世祖瞻，以策干江南，用为著作佐郎，知洪州分宁县。瞻生玘，玘生元吉。元吉始卜筑修水上，葬两世于山中，遂占数焉。元吉生中理，赠光禄卿。中理生湜，赠朝散大夫。湜生庶，尝摄康州，赠中大夫，公之皇考也。公幼警悟，读书五行俱下，数过辄忆。康州奇之。既孤，从舅尚书李公公择学，公择尝过家塾，见其书帙纷错，因乱抽架上书问之，无不通，大惊，以为一日千里也。治平中两首乡荐。遂登四年第。调汝州叶县尉。熙宁中，诏举四京学官。有司考其文章优等，遂除大名府国子监教授。留守太师文公才之，留再任。用荐者改著作佐郎。先是眉山苏公子瞻见公诗于孙公莘老家，绝叹以为世久无此作矣！因以诗往来。会苏公以诗抵罪，公亦罚金。直委知吉州太和县。改授宣德郎。太和号难治。公以平易近民，民亦不忍欺。会颁盐策，诸邑争授多数，独公平平耳。大吏不悦而民安之。到官年余，移监德州德平镇。公奉佛最谨。过泗州僧伽塔，遂作《发愿文》，痛戒酒色与肉食，但朝粥午饭，如浮屠法。时元丰七年三月也。序迁奉议郎。哲宗即位，转承议郎，赐五品服。乃以秘书省校书郎召入馆。未几，除修神宗实录院检讨官，集贤校理。逾年，除秘书省著作佐郎。朝廷数议除美官，为言事者所梗，不果。又迁朝奉郎。遇郊，当任子，舍其子而官其兄之子。《实录》书成，当进一官，丐回授母夫人李。朝廷从之，遂君安康郡。公事母孝，有曾、闵之行。安康卧疾弥年，公昼夜视颜色，手汤剂，衣不解带，时其疾痛痾痒而敬抑搔之，至亲涤厕牏，浣中裙云。遭母丧，哀毁过人，得疾几殆。既还葬，因庐墓侧终丧。先是苏公尝荐公自代，其略云：'瑰玮之文，妙绝当世；孝友之行，追配古人。'世以为实录云。服除，除秘书丞，集贤校理，同修国史。辞疾，乞守太平。除宣，又改鄂。未几，管勾亳州明道宫。绍圣初，议者言《神宗实录》多诬失实，召至陈留问状，三问皆以实对。责授涪州别驾，黔州安置。命下，左右或泣，公色自若，投床大鼾，即日上道。君子是以知公不以得丧休戚芥蒂其中也。至黔，寓开元寺摩围阁，以登览文墨自娱，若无迁谪意。俄以外兄作本路常平官，避嫌，移戎州。公一不以介意。与后生讲学，孜孜不怠。两川人士争从之游，经公指授，下笔皆有可观。今上登极，复宣德郎，监鄂州在城盐税。改奉议郎，签书宁国军节度判官。改朝奉郎，知舒州。又召以为吏部员外郎，辞疾不拜。上章乞郡，得知太平州，到官九日而罢。管勾洪州玉隆观，寓居江夏。公风韵洒落，胸中恢疏，初无怨恩。谈笑谐谑，或以忤物。盖尝忤赵丞相正夫而公不屑也。公往尝作《荆州承天院塔记》，转运判官陈举承风旨，采摘其间数语，以为幸灾谤国。遂除名，编隶宜州。虽被横逆，未尝一语尤之，浩然自得也。崇宁四年九月三十日，卒于宜州寓居。年六十有一。大观三年十一月归葬双井祖茔之西。先配孙氏，莘老之女，封兰溪县君；后配谢氏，师厚之女，封介休县君。一男曰相。一女曰睦，嫁将仕郎舒城李文伯。公学问文章，天然成性，落笔妙天下。元祐中，眉山苏公号文章伯。当是时，公与高邮秦少游、宛丘张文潜、济源晁无咎皆游其门，以文相高，号四学士。一文一诗出，人争传诵之，纸价为高。而公之文尤绝出高妙，追古冠今，烛后辉前。晚节位益黜，名益高，世以配眉山苏公，谓之"苏黄"。公尝游潜皖，乐山谷寺石牛洞之林泉，因自号山谷老人。天下皆称曰山谷而不名字之，以配东坡云。公楷法妍媚，自成一家。游荆州，得石本《兰亭》，爱玩之不去手，因悟古人用笔意，作小楷日进，曰："他日当有知我者。"草书尤奇伟。公殁后，人争购其字，一纸千金云。

史赞曰：自李杜没而诗律衰。唐末以及五季，虽有以比兴自名者，然格下气弱，么麽骩骳，无以议为也。宋兴，杨文公始以文章莅盟。然至为诗专以李义山为宗，以渔猎掇拾为博，以俪花斗果为工，号称"昆仑体"，嫣然华靡，而气骨不存。嘉祐以来，欧公称太白为绝唱，王文公推少陵为高作，而诗格大变。高风之所扇，作者间出，班班可述矣。元祐间苏、黄并世，以硕学宏才，鼓行士林，引笔行墨，追古人而与之俱。世谓李、杜歌诗高妙而文章不称，李翱、皇甫湜古文典雅而诗独不传，惟二公不然，可谓兼之矣。然世之论文者必宗东坡，言诗者必右山谷，其然，岂其然乎？山谷自黔州以后，句法尤高，笔势放纵，实天下之奇作，自宋兴以来，一人而已！

（转录自龙榆生《豫章黄先生词》）

山谷先生别传（节录）

明·周季风

　　山谷黄先生，宋洪州分宁县高城乡双井人也。六世祖瞻，世家金华，以策干江南李氏，用为著作佐郎，知分宁县。念山川幽邃可以避世，无如分宁，遂家焉。瞻生元吉，元吉生中理，尝筑书馆于樱桃芝台洞，两馆游学士常溢百人。故黄氏诸子多以文学知名，称江南望族。中理生湜，湜生庶，并举进士。庶有诗名，句律奇崛，世谓山魈水怪着薜荔之体。尝摄康州，实生先生，先生讳庭坚，字鲁直，幼颖悟过人，读书五行俱下，数过辄成诵，康州奇之。七岁能诗，舅李公择见其架上书纷乱，抽取试之，无不通者，惊曰，一日千里。治平三年乡试，出野无遗贤题，先生诗有谓"渭水空藏月，傅岩深琐烟"之句，考官李询击节称赏，知其当以诗名四海。遂登四年进士，主簿余干，政暇讲论礼乐，赋咏诗歌，民俗丕变。调叶县尉，作《新寨》诗，半山老人称为清才，非奔走俗吏。熙宁初，举四京学官，第文优，教授北京国子监。留守文潞公才之，留再任。东坡尝见其诗文，以为超轶绝尘，独立万物之表，与造化者游，名遂震。知太和县，以平易为治。时课颁盐策，诸县争占多数，太和独否。搜狝匿赋，询求民瘼，虽山溪穷僻处，县令所未尝至，必身亲之。或达旦不寐，邑多强族，不忍齐之以法，民亦不忍欺。雅喜山水之胜，日为文字之乐。移监德州德平镇。赵挺之倅德州，挺之希合提举官意，欲行市易法。先生以镇小民贫，不堪诛求，若行市易，必致星散。迁奉议郎。哲宗立，召为校书郎，神宗实录检讨官。礼部侍郎陆佃预修《实录》，先生欲书安石勿令上知之帖，佃力沮之而以为谤也。先生争辩甚苦，至曰：'审如公言，得非佞史乎！'佃盖安石门人，且为官长，以是竟不得书。

先生以此肇祸,然赖其言,事之本末因以尽传于世。朱子以为有天意者耶!逾年,迁著作佐郎,加集贤校理。《实录》成,擢起居舍人。丁母忧。先生性笃孝,母病弥年,昼夜视颜色,衣不解带。及亡,庐墓下,哀毁得疾几殆。服除,为秘书丞,提点明道宫,兼国史编修官。又与赵挺之有微隙,衔之切骨。绍圣初出知宣州,改鄂州。章惇、蔡卞与其党论《实录》多诬,俾前史官分居畿邑以待问,摘千余条示之,谓为无验证。既而院吏考阅,悉有据依,所余才三十二事,先生书用铁龙爪治河,有同儿戏,至是首问焉,对曰:"庭坚时官北都,尝亲见之,真儿戏耳。"凡有问,皆直辞以对,闻者壮之。知非儒生文士而已也。贬涪州别驾,黔州安置。命下,左右或泣,先生颜色自若。投床大鼾,即日上道。至黔,寓开元寺摩围阁,以登览文墨自娱。言者犹以处善地为轶法,以外亲张向嫌,遂移戎州。泊然不以迁谪介意,蜀士慕从之游,讲学不倦。凡经指授,下笔皆可观。徽宗即位,起监鄂州税,签书宁国军判官,知舒州。以吏部员外郎召,皆辞不行。丐郡,得知泰平州,至之九日罢。主管玉隆观。自涪归,道出江陵,作《承天院塔记》,其略云(略)。文成府帅马城饭诸部使者于塔下,环观先生书,碑尾但书作记者黄某,立石者马某而已。时闽人陈举自台出漕,先生未尝与交也。举与李植、林虞相顾前请曰,某等愿托名不朽。先生不答。举由此憾之,知先生与挺之有怨,挺之执政,遂以墨本上之。诬以幸灾谤国。其文初无幸谤之意,遂除名羁管宜州。携家南贬,泊于零陵,独赴贬所。居二年,上雨旁风,人不堪其忧。先生终日读书赋诗,举酒浩歌。自言家本农桑,使不从进士,则田中庐舍如是,又可不堪其忧乎!闻者敬叹。崇宁四年九月三十日,忽以疾不起。子弟无一人在侧。先是,徙永州,未闻命而卒。初,谪宜州,与零陵蒋□相友善。士大夫畏祸不敢往还,独□日陪杖履。疾革,沛往见之,大喜握手曰,身后事委君矣。及卒,□为棺送归葬双井祖茔之西。绍兴间,赠龙图阁学士,加太师,谥曰文节。先生早岁受知东坡,与张耒、晁补之、秦观并游其门,天下称苏门四学士,而先生诗文尤俊伟,遒然有二汉之风,非三子者比。世以配苏,故称苏、黄。

(录自清乾隆缉香堂刊本《宋黄山谷先生全集》)

附录二　黄庭坚晚年事略

绍圣元年（公元 1094）

五十岁。居乡,待辞免之令,除知宣州,又除知鄂州,皆未赴。

三月十六日（丁亥）,宿王子居息庵。

四月由分宁出发赴宣城。

五月到达洪州（今江西南昌市）。

六月十八日（丁亥）,又被任命管勾亳州明道宫,并责令于开封府境内居住,以便听候国史院之对证查问。有《彭泽县题名》云:"绍圣元年六月八日,来谒石兴宗,李几道在焉。"《内集诗注》:"绍圣元年六月丁亥,新知鄂州黄庭坚许管勾亳州明道宫,于开封府界居住,就近报国史院取会文字。"

七月,奉祠,因舟行向淮南,途中与苏轼相遇于彭蠡湖（今江西鄱阳湖）。时东坡以"讥刺先朝"之罪名被贬往英州。二位文坛巨匠,平生知己,同处逆境,相见不免唏嘘感叹,相会三日,才洒泪而别。此后山谷与苏轼再无相见之日。七月十二日（辛亥）,到达南康军（今江西星子县）,题名南康石镜溪。

八月八日（丁丑）到达彭泽（今江西彭泽县）。

九月十四日（壬子）,诏重修黄庭坚与司马康等所修之熙宁日历。同月,复过池州,同行者长兄元明、弟叔献,叔达,子相等。兄弟间经过协商,决定寓家于芜湖。有《池州齐山焦笔岩题名》云"江西黄大临,弟庭坚、叔献、叔达、子朴、相槐、孙杰,绍圣元年九月辛丑泛舟同来"。

十月,离分宁,由长兄大临陪同前往开封府。

十一月,至开封府境内陈留（今开封市祥符区陈留镇）,寓居净土院。《内集诗注》:"山谷遂寓家太平州之芜湖,与其兄元明俱来陈留,止东寺之净土院。"

十二月甲午(二十七日),谪涪州别驾,黔州安置。

黄䔍《山谷先生年谱》:十二月丙申,章惇等台谏官前后章疏言:"实录院所修先帝《实录》类多附会奸言诋熙宁以来政事。乞重新审黜,以示万事大公至正之法"诏:"祖禹谪授武安军节度副使,永州安置;彦若谪授安远军节度副使,澧州安置;庭坚谪授涪州别驾,黔州安置。"《宋史》本传:"章惇、蔡卞与其党论《实录》多诬,俾前史官分居畿邑以待问,摘千余条示之,谓为无验证,继而院吏考阅,悉有据依,所余才三十二事,庭坚书'铁爪治河,有同儿戏',至是首问焉,对曰'庭坚时官北都,尝亲见之,真儿戏耳',凡有问,皆直辞以对,闻者壮之。"

绍圣二年(公元 1095)

五十一岁,赴黔州贬所。

正月,仍有宰臣章奏修《实录》不实,乞重加贬谪,于是又被追夺一官。始赴贬所,伯氏大临亲送山谷赴贬所。

二月至江陵,寓居承天寺。时住持僧人智珠正建造佛塔,请求山谷在塔落成后为之作记。

三月十六日(辛亥),次下牢关。十七日(壬子)之夕,宿黄牛峡。十八日(癸丑),与伯氏大临等观欧阳修诗及苏轼记丁元珍梦中事,当晚,宿鹿角滩下。

之后翻山越岭,备尝艰难险阻之苦,因作《竹枝词二首》以抒发其郁闷之情,《词》及跋语极委婉地表露出对贬谪之不满。

途经巫峡时作《减字木兰花》(襄王梦里)词一首,以抒发其羁旅之情。

过巫峡鬼门关,兄大临心情愀然而山谷豁达自如。

途经施州(治所在今湖北省恩施县),老友张询(仲谋)适为施州守,遣骑相迎,山谷为之作《减字木兰花》词一首。

夜宿歌罗驿(今湖北恩施县西南),梦李白,作词三首。

途经云安军(今四川云阳县),游云岩寺,留遗墨。

四月二十三日(戊子)到黔州。

寓居开元寺,寺坐落于摩围山下。

伯氏大临不忍遽别,淹留近两月,于六月十二日(丙子)始离黔州。山谷有《和答元明黔南赠别》诗。

四五月间,苏轼在惠州,初闻山谷贬黔南,有《桄榔杖寄张文潜,时初闻黄鲁直迁黔南、范淳父九疑也》诗。

初到黔州,当地知州曹谱、通判张诜等待之甚厚。

是年,山谷在如此恶劣之政治环境下,仍有书信与苏轼,苏轼有答书。

《内集诗注》:"山谷既被命,与其兄元明出蔚氏、许昌,由汉沔趣江陵,上夔峡。"三月辛亥,次下牢关。壬子之夕,宿黄牛峡。癸丑夕,宿鹿角滩下。四月二十三日,到黔州,寓开元寺,居摩围阁。按公有《与张和叔书》云"下处在南寺摩围阁"。及有四月二十六日《与大主簿书》云:"安下处是南寺一位,有水阁山亭,极潇洒。"末云:"黔州摩围阁发。"又批云"蜀人呼天为围,此阁临江,正对摩围峰也。"

绍圣三年(公元 1096)

五十二岁,在黔州。

五月六日(乙未),弟叔达携带自己和山谷之家眷来到黔州。叔达盖去年自芜湖登舟,经夔州,会见其堂兄叔向后于本年五月六日抵达。同日,书李白《秋浦歌》十五篇。

六月,作《忠州复古记》,始用"涪翁"之名。

八月中秋节(壬申),与黔守曹谱等人饮宴赏月,作《减字木兰花》词共五首之多。

九月十六日(壬寅),书《戏答陈元舆》诗。

十二月七日(癸亥),书白居易忠州诗遗王圣徒。

《内集诗注》:"初,山谷既未能以家来,二年之秋,其弟知命自芜湖登舟,携一妾李庆,一子相,小字韩十,及山谷之子相,小名小德,小字四十,并其所生母俱来。(三年)五月六日抵黔南。"

绍圣四年(公元 1097)

五十三岁,在黔州。

督导子相读书甚勤,并延两小儿同在斋中,与相共课之。

正月四日(己丑),苏轼跋山谷草书。

本年春,泸州太守王献可以书来求山谷为其作书。山谷有《答王补之书》,四月间又曾书阴真君诗与其季子。

自贬谪以来,极少作诗。且俸禄微薄,生计艰难。不得已而躬自建房、种地、买菜等。并自称黔中老农。

八月二十六日(丁未),读韦昭《博弈论》,感慨不已,遂誓自此日后不复弈棋。

十二月二十三日(癸卯),表兄张向提举夔州路常平,因黔州属夔州路管辖,张向启奏朝廷移迁山谷以避嫌。于是诏移戎州安置。

本年冬,有《答李材书》,述其黔中冬日生活。

是年与秦观等虽均处贬谪逆境,仍有书互致问候。

是年外甥洪刍派人送来书信问候,有答书。提出"东坡文章妙天下,其短处在好骂,慎勿袭其轨也"等观点。又为洪刍作《晋州州学斋铭》。

虽处贬谪,然心境坦然,无憔悴愁苦之态,并以其高尚人品及渊博之学识受到当地士子拥戴。两川人士争从之游,皆谆谆教诲之。

本年乡人聚白金十余斤以予山谷,却为一士子隐去。

《内集诗注》:"其春,知命往见嗣直于涪州,生一子,是为小牛。秋冬间还黔。"嗣直、知命从兄。

绍圣五年、元符元年(公元 1098)

五十四岁。

春,以避外兄张向之谦,迁戎州。

三月中,到涪陵(今四川彭水县)。在涪陵,游北岩寺,程颐尝谪居于此,山谷名其居为"钩深堂"。

五月十一日(戊午)上荔枝滩,并书韩愈《符读书城南》诗。

六月抵达戎州。寓居南寺无等院。其时连遭打击,心境颇为沉郁,名其居室为"槁木寮"、"死灰庵",以示其心如槁木死灰。后徙居城南,名任运堂,有铭云:"或见徙居之小堂名任运,恐好事者多以借口。余曰:腾腾和尚歌云'今日任运腾腾,明日腾腾任运',余已身如槁木,心如死灰,作一无能老比丘尚不可耶!"

到达戎州后,有《与东川提举书》,述其心境及生活状况,亦足资参考。

八月十七日（壬辰），自永安城楼入张宽夫园待月，作《念奴娇》（断虹霁雨）词。是月三十日（乙巳），于戎州寓舍退听堂题王知载《朐山杂咏》。此文为山谷著名诗论。

重九日（甲寅）自无等院游永安门。

《内集诗注》引《实录》："绍圣四年三月，知宗正丞张向提举夔州路常平。十二月壬寅，诏涪州别驾、黔州安置黄庭坚移戎州安置，以避使者亲嫌故也。"

元符二年（公元 1099）

五十五岁，在戎州。是时，有玉山刘瑜字倩玉者从山谷游，山谷为其婚姻之事致书友人。是时，山谷答亲朋书信及为人作书甚多，颇觉劳敝。前引《答郭英发书》即作于此时，郭氏是时似在分宁双井。

四月二日（甲戌），为史庆崇书刘禹锡《浪淘沙》、《竹枝歌》、《杨柳枝》词各九首。

五月王献可罢职后，山谷有书与之，对其清廉有节劝勉有加。

九月，弟叔达至成都，明年二月还戎。

重九日，复次前韵作《南乡子》词一首。

戎州倅黄斌老，为著名画家文同之内侄，善画墨竹。山谷时常与之唱和。并借斌老所画墨竹抒发其内心之感慨。

又曾为黄斌老草书杜甫诗。其时山谷之草书已摆脱原来所谓法度，达到随心所欲之境界。

是年山谷与苏轼侄婿王庠相交甚密，并有《与王周彦长书》。

是年有《题子瞻与王宣义书后》，以为东坡书字字可珍，数十年后当有并金悬购者。

在戎州，虽生活困顿，但慕名而求学者甚多。但山谷从不收受任何"束脩"，尤足显示其高风亮节。

是年陈师道在徐州，有《与黄鲁直书》。

元符三年（公元 1100）

五十六岁，在戎州。

正月十三，徽宗登极，大赦州县散官编管人等，山谷有"供析状"。

正月三十日（丁酉），书韩愈《送孟郊序》与甥张大同。

099

二月十二日(己酉),为成都李致尧作书。酒后忽悟行书之道。

三月十三日(庚辰),弟叔达归江南。有《赠知命弟离戎州》、《侄枏随知命舟行》等诗。叔达不及到江南,不幸卒于荆州。同月二十日(丁亥),书韩愈《进学解》。

五月,复宣德郎、监鄂州在城盐税。

五月十二日(戊寅),戎州太守刘广之率宾僚宴饮于锁江亭,并品尝荔枝。山谷躬逢此项盛事。锁江亭峭壁临江,气象壮观,山谷即席作《次韵李任道晚饮锁江亭》《再次韵兼简履中南玉三首》等诗,有"山绕楼台钟鼓晚,江触石矶砧杵鸣"之一,现今宜宾市"南屏晚钟"即因此诗而得名。何静翁求教于山谷,山谷答书勉励之盖在此时。

五月十三日(己卯),追谅于安诏亭。

七月,泛舟往青神,省张氏姑。《内集诗注》:"山谷放还,以江涨,未能下峡。七月,自戎州行,省其姑于青神蔄廨。"山谷姑,青神蔄张祉介卿之母。张氏二子均为官于青神,清廉爱民,深孚众望,受到山谷赞誉。以七月二十一日解舟,八月十一日抵青神。

九月一日(甲子),与外弟张祉介卿等赴蒲志同中岩之约。是月二日(乙丑),介卿及其兄侄邀煮茗于玉泉。是月四日(丁卯),书杜牧《冬至日寄阿宜》诗与眉人史彦柏子。是月六日(己巳),与张祉、王箴、杨琳、杨岩等酌于慈老之东堂,有《次韵杨君全送酒长句》、《次韵君全送春花》、《谢杨景山承事送惠酒器》等诗。是月十六日(己卯),书《座右铭》遗严君可。是月十九日(壬午),于青神县尉厅书古乐府赠杨岩。本月,书杜甫巴蜀诗并作《大雅堂记》,属丹棱人杨素翁刻之于石,并提出杜甫诗妙处"乃在无意于文"之说。

十月,复奉议郎、签书定国军节度判官厅公事。

青神至眉山(今四川眉山县)不远,山谷曾至眉山谒苏洵墓。

十一月自青神返戎州,过嘉州(治所在今四川乐山市),与至乐山王朴游,其回归戎州盖二十日左右。嘉州距峨眉山极近,因至峨眉一游。《内集诗注》:"十二月,发戎州,过江安,为石信道挽留,遂作岁于此。"回归戎州后,知弟叔达于四月前回江南,途经荆州时不幸身亡之消息,悲痛欲绝。提笔作《祭知命弟文》,以寄托对亡弟的思念。

十二月出川时,学生杨皓作十诗送别,其中有"蛟龙得云雨,雕鹗在秋天"

之句,以祝贺山谷此次复官必将大有作为,而明叔"学问甚有成,当路无知音,求为泸州从事而不可得",故山谷以此十字为韵作十诗回报。信道眉州人,时为江安令,女嫁山谷之子相,是岁十二月成婚。本月,传闻有知舒州(治所在今安徽省潜山县)之命。是月十一日(癸卯),顺江东下。临别时,气候寒冷,仍有二十余人赶到江边送行。过江安(今四川江安县),为江安守石谅挽留过年,并与之结为秦晋。时山谷之子相十七岁。

徽宗建中靖国元年(公元 1101)

五十七岁。

正月,解舟江安,为石谅诸子作字序。同月离开江安继续东下。是月十日(辛未)僧祖元自荣州追来饯别,山谷感其诚意,复用旧所作《此君轩诗》韵赠之。至泸州(治所在今四川省泸州市),为泸帅所留。为其宠妓赋《浣溪沙》及《蓦山溪》等词。二十四日(乙酉),书王周彦所藏苏轼帖。二十九日(庚寅),系舟王市,书《砥柱铭》遗杨皓。三十日(辛卯),到达合江县(今四川合江县),与令尹白宗愈泛安乐溪,上刘真人山。

二月三日(甲午),到达汉东(今湖北随县西北唐县镇),观唐人所作《北齐校书图》,叹赏弥日,题书其上。本月,到达万州(治所在今四川省万县市)。二十六日(丁巳),下土淄滩、群猪滩,书杜甫长韵。万州太守高仲本留山谷暂住。二十九日(庚申)与高仲本游香山寺。三十日(辛酉),与高仲本游西山南浦,又与其同游三游洞。

三月,至峡州。准告复奉议郎,权知舒州。抵达巫峡,访神女祠。途经巫山县时,回首蜀中八年,感慨万千,作《戏题巫山县用杜子美韵》。途经巫峡鬼门关时,回忆昔日贬谪西行,途经此地时伯氏大临心情愀然之状,不禁莞尔。

四月,到达江陵(今湖北江陵县,又称荆州),泊家沙市(今湖北沙市市)。再次接到尚书省劄子除吏部员外郎之命,要求乘递马速赴阙。因长年贬谪,体弱多病,又有丧弟之痛,故上《辞免恩命状》,请求为官于太平州(今安徽省当涂县)或无为军(今安徽省无为县),并在荆州等候命令。自蜀东归,戎守彭知微遣吏李珍随行照料,至是当赴吏部,辞行时,山谷为写《蔡明远帖》以送之。是月在荆州作《跋子瞻和陶诗》。为承天寺僧作《承天塔记》盖在本月。四月十六日(丙午),于承天寺试金崖石研、诸葛元笔,观者如墙。在荆州,与田钧(子平)

交,有《戏呈田子平》诗,载《外集》,田氏藏书甚富,山谷书其书室为"万卷堂"。是岁与蜀中弟子王蕃会于荆州。

五月十五日(乙亥),书《伏波帖》。

秋初,背胁所生脓痈已近痊愈。遂扶杖登荆江亭,时天高气爽,江山寥廓。心潮澎湃,激动不已,于是吟出七绝《病起荆江亭即事十首》。

六月二十三日,准尚书省刬子,奉圣旨不许辞免已除吏部之命。再具辞免,并述前状,乞太平州、无为军一处;及以亡弟哀恼,伏暑伤冷,并作羸疾,乞除江湖合入差遣。遂留江陵待命,以至度岁。

七月七日(丙寅),与友人宴,席上赋《鹊桥仙》词二首。是月,书白居易《三游洞序》,刻之夷陵。

本年冬于沙市舟中题王云所编诗文。首次提出将自作诗文分成内、外篇之意。

是年抵达荆州后,与侍御史黄昭认宗,并与昭之子黄友闻、黄友益、黄友谅等相友善。

是年有《与王庠周彦书》,教导王氏读建安、陶渊明及杜甫等人之作品,并对苏轼、秦观等人逝世痛惜不已。

是年冬,有《答王子飞书》,对陈师道推崇备至,以为陈氏"得老杜句法,今之诗人不能当也"。

十二月,接苏辙书信并有报书,对苏轼之逝世深表痛惜。

高荷谒山谷当在本年末。居荆州时,有邻女闲静妍美而遭际不佳,因作诗叹之,后高荷等以"国香"名之。

崇宁元年(公元 1102)

五十八岁。

正月甲戌(十八日),有《跋心禅师与承天监院守环手海》。正月二十三日(己卯)发荆州,经岳(治所巴陵,在今湖南岳阳市)、鄂(治所在今湖北鄂城县)等地返归分宁。二十六日(壬午)至岳州,二月一日(丙戌)独上岳阳楼,作《雨中登岳阳楼望君山》等诗。

二月初六日(辛卯)至通城(今湖北通城县)。自通城入黄龙山,谒灵源惟清,有《自巴陵略平江临湘入通城无日不雨至黄龙奉谒清禅师继而晚晴邂近禅客戴道纯款语作长句呈道纯》诗，并为惟清删改自己早期作品集《南昌集》，而后自分宁往萍乡省其兄黄大临。

三月十四日(己卯)寓万载(今江西万载县)广慧道场。有《冲雨向万载道中得逍遥观遂托宿戏题》诗。

四月一日(乙酉)到萍乡，兄弟二人相聚半月。是月五日(己丑)饭于萍乡护法院。是月十五日(己亥)离开萍乡赴江州(今江西九江市)与其家相会。二十一日(乙巳)，书苏轼《松醪赋》。二十三日(丁未)过新喻(今江西新余县)登吴叔元秀江亭。

五月一日(乙卯)到筠州(今江西高安县)。是月到达江州，游庐山。二十日(甲戌)过湖口(今江西省鄱阳湖北岸)，李正臣持苏轼《壶中九华诗》来见，山谷感叹异石已不可复见，而苏轼亦已逝世，遂作《追和东坡壶中九华》诗。是月系舟于大云仓达观台下。

正月二十三日，发江陵。自发江陵，二十八日至巴蜀，二月初六至通城，三月自分宁经万载、宜春，四月乙酉到萍乡省兄大临，五月一日过筠州，是月到江州，二十日过湖口，系舟于大云仓之达观台下。

六月初九，领太平州事，九月而罢。黄䇊《山谷先生年谱》引《国史》：崇宁元年五月庚午，司马光而下四十四人追夺降黜有差，黄庭坚与孔平仲等并送吏部与合入差遣，仍令吏部依条差注施行。庭坚得领太平州事，既入境矣，复坐党事免，管勾洪州玉隆观。在当涂，寓居赭山广济院附近之滴翠轩。与郭祥正交往甚密，十八日(壬寅)，郡中置酒，与郭氏饮酒赋词。是月二十四日(丁未)，与郭祥正等同酌桂浆于太平州后园石室。

小妓杨姝弹《风入松》、《醉翁吟》二曲，有林下之意。琴罢，宝熏郁郁，似非人间。山谷既为题壁，复作《好事近·太平州小妓杨姝弹琴送酒》词以记其事。

又为郭祥正书苏轼所作诗，作《书郭功父家屏上东坡所作竹》以记其事。

与老友庾元镇相遇，时庾穷困读书。山谷特作《木兰花令》以劝酒。时有欧、梅二妓歌舞助兴。所作诗《太平州作二首》之一当即述说其事。

世传李之仪与山谷偕游石洞，昕杨姝弹琴，并有和词云云，盖属讹误。

贺铸往访之，其后贺作《雁后归》词以记其事。

有韦许从之游，并为其易字。

在当涂，曾书刘禹锡诗。

又为石禹勤题墓。

太平罢官后，又历经磨难，人作《黄鲁直返棹图赞》以颂之。

七月十一日（甲午）复系舟达观台下，待舒州音问。

八月复至江州。八月十日（壬戌）、十二日（甲子），两登江州百花亭，书《怀荆楚诗》，寺僧以石刻之。八月二十五日（丁丑），有诏管勾洪州玉隆观。

九月至鄂州，居住年余。罢太平后，徘徊于江州，将复过江陵谋居，然竟留于鄂州。

到鄂州不久，张耒责授房州别驾黄州安置，距鄂州仅一江之隔，山谷自鄂往见之，作有《武岗松风阁》《次韵文潜》等诗。此前，苏轼已于七月逝世，而苏轼生前曾贬居黄州，山谷与张耒不禁触景生情，悲痛万分。

在鄂州，受到当地太守尊重并为其批阅士子投赘之作。

崇宁二年（公元 1103）

五十九岁。是年留鄂州，与范纯粹往来唱和颇多。

十一月一日（丁丑），作《萍乡县宝积禅寺记》。月末有宜州（今广西壮族自治区宜山县）谪命。黄𪩘《山谷先生年谱》引族伯父黄仲贲《跋承天塔记》云：庭坚自蜀出峡，留荆州，待辞免乞郡之命，与府帅马瑊忠玉相从甚欢。闽人陈举自台察出为转运判官，庭坚未尝与交。一日，承天寺浮图成，僧智珠乞记并请书石，忠玉同诸部使者环观庭坚书碑，庭坚于碑尾但云"作记者朝奉郎、新知舒州事豫章黄庭坚，立石者承议郎、知府事茌平马瑊"而已。举与转运判官李值、提举常平林虞相顾递请于前曰："某等愿记名不朽，可乎？"庭坚不答，举由此憾之。举知庭坚在河北与赵挺之有怨，挺之执政，遂以墨本走介献于朝，谓幸灾谤国。遂除名，羁管宜州。

十二月一日（丙午），作《封植兰蕙手约》。伯兄大临作《青玉案》词送之。

十二月初某日，连夜从鄂渚（今湖北武昌县）出发，次日清晨到达汉阳。众多亲友赶到汉阳为其饯行。《与文举书》云："庭坚治行有绪，既嫁女，别无一事，移舟汉阳，留数日，待亲戚之在旁近耳。"时亲旧追送汉阳，至岳阳作岁。

岁末到达长沙，其度除夕盖在舟中。

在长沙适与秦观之子秦湛、婿范温相遇。时秦、范二人正护送秦观之丧北归。山谷有《晚泊长沙示秦处度范元实用寄明略和父韵五首》、《次韵元实病目》等诗。

　　遇画家龙眠李寅，为其画《美人琴阮图》等题诗。

崇宁三年（公元 1104）

　　六十岁。本年自潭州（今湖南长沙市）历衡州（今湖南衡阳市），永州（今湖南零陵县），全州（今广西全州县），静江（今广西桂林市）以趋贬所。在潭州与惠洪相遇。

　　正月过衡山。

　　在衡州，与花光山僧人仲仁相善，为作《天保松铭》，其后又写诗赠之。在衡州，作《西江月》词寄惠洪。在衡州，观秦观遗墨，和其《千秋岁》词。又和秦观《和黄法曹忆建溪梅花同参寥赋》诗。在衡州，为营妓陈湘赋《阮郎归》、《蓦山溪》等。

　　三月六日（己卯）泊浯溪（今湖南省祁阳县）。观摩崖碑，有《书摩崖碑后》等诗。在祁阳，草书陶渊明诗四首，并刻石于嘉会事。十四日（丁亥）到达永州。因恐其家人不能承受宜州之湿热气候，故将其家属寓于此地，而只身前往贬所。在永州，曾题诗二首于淡山岩。

　　四月发全州。

　　五月十八日（庚寅）至宜州。初至宜州，宜州倅余若著父子为其经理馆舍，山谷为之书《范滂传》。

　　十月十三日（癸丑），书李白《白头吟》。

　　十一月十八日（丁亥），书韩愈《桃源行》。十一月四日（甲戌）迁居城南，谪宜州半载，有司希合执政意，谓不当居关城中，乃以是月甲戌抱被入宿于城南所傃舍宣寂斋。上雨傍风，无有盖障，市声喧愦，人以为不堪其忧，庭坚设卧榻，焚香而坐，与西邻屠牛之机相直，宴如也，见者咸惊服。

　　十二月二十七日（丙寅）伯兄大临自永州与唐次公赶来探望。

崇宁四年（公元 1105）

　　六十一岁，本年在宜州。

　　正月六日（乙亥），次日（丙子），将书籍、药品等搬入新居。二十日（己丑），得子相报家中平安书。与元明游南山，入集真洞，观钟乳奇观。二十四日（癸巳），得曹醇老书，并送来鱼虾等。

二月五日（甲辰），当地诸人为黄大临饯行于崇宁寺。二月六日（乙巳），伯兄大临告别起行，与诸人为其饯行于十八里津。作《宜阳别元明用觞字韵》、《元明留别》等诗。二月七日（丙午），得张庭坚书。二月十一日（庚戌），作草书赠曾纡。二十六日（乙丑），得伯兄大临书，寄来诗及《青玉案》词各一篇，得子相上月二十八日报家中平安书。

闰二月十四日（壬午），当地乡农秦靖馈食物等。

三月十五日（壬子），范寥自成都来。山谷誉之"好学之士也"。

五月七日（癸卯），与范寥同迁往南楼。

六月十六日（辛巳），游龙隐洞。曾服用药石，曾纡劝阻之，不听。曾与范寥论"点铁成金"，批驳套用前人语句以为自作的不良诗风。

山谷在宜州，交游中可考者尚有李几仲。

九月九日（癸卯），宜州城楼宴集，即席作《南乡子》（诸将说封侯）词。

九月三十日（甲子），遂以微疾不起，卒。子弟无一人在侧，独信中经理其后事，盖棺于南楼之上。

本年书汉扬雄《长杨赋》。

黄䜒《山谷先生年谱》：九月五日，奉御笔手诏"元祐奸党诋讪先帝，罪在不赦，曩屈台宪，贷与之生，斥之远方，固无还理，终身贬所，岂不为宜。今先烈绍兴，年谷丰稔，铸鼎以安庙社，作乐以协神明，嘉祥荐臻，和气昭格，肆颁赦宥，覃及万方。兴言邦诬，久责遐裔，一夫失所，朕尚恻然，用示至仁，稍从内徙。服我宽德，其革尔心。应奸党羁管编配，安置居住，在广南者与移荆湖南北，在荆湖者移江淮，其余并移近里，惟不得至四辅畿内"云云。时庭坚在轻第二等之首，并叙复，令吏部与监庙差遣，而庭坚乃不及闻命而卒。大观三年己丑春二月，苏伯固、蒋伟护其丧归葬于双井祖茔之西。高宗建炎四年，特赠直龙图阁，官子孙各一人。恭宗德祐元年，谥曰文节。